青森わが愛

西村京太郎

角川文庫
20152

目次

青森わが愛　五
北の空に殺意が走る　三七
余部橋梁310メートルの死　一〇五
恋と裏切りの山陰本線　一六三
特急ひだ3号殺人事件　二三七
解説　山前譲　二九六

青森わが愛

1

その女性の名前は、岡田《おかだ》麗花《れいか》。警視庁捜査一課の日下《くさか》刑事が、今、習っている習字の先生である。

日下は、昔から自分自身でも、字が下手だと認めているが、手紙はパソコンで打てばいいし、仕事に関係した書類も、捜査日誌も、パソコンで済んでいるから、別に字が下手でも、何の不都合もないと思っていた。

しかし、日下の母は、こういって、習字を勧めた。

「手紙の本文は、パソコンで、済むかもしれないけど、署名だけでも自分の字で書けば、相手の人は、親しみを、感じるものなのよ。でも、その肝心の署名が、あなたの場合は、下手すぎるわ。何といったらいいのかしらね？ そうね、品がないの。今のままでは、あなたが損をするだけだわ。だから、絶対に、習字を習いなさい」

母が紹介してくれたのが、近くのマンションで個人経営の書道教室を開いて習字を教えている、岡田麗花だったのである。

年齢は、二十八歳の日下より、おそらく、二、三歳年上といったところだろうか？ 小柄で和服の似合う、日本的な、なかなかの、美人だった。

しかし日下は、刑事という仕事柄、決まった日、決まった時間に習いに行くというわけにはいかない。そこで、午後六時から十時までの間の行ける日、行ける時間に習いに行くことで、岡田麗花に了解して貰《もら》った。

教室は、岡田麗花の自宅マンションの二ＤＫの六畳の間で、そこには、いつも、五、六人の生徒がいた。

生徒は全て、成人の男女だったから、教室も、夜のほうが、賑《にぎ》わっていた。

先生の岡田麗花は、独身だということだったが、彼女の私生活は、あまり、はっきりしなかった。プライベートなことについては、彼女も、話さなかったし、日下も聞かなかったからである。

彼女は教えるのがうまくて、生徒は、いい歳をした中年の男女ばかりだったから、あまり厳しく叱るようなことは、なかった。

それでも、時には怒ることがあったし、中には、けしからん生徒もいて、

「麗花先生に、叱られると、なぜか気持ちが良くなる」

といって、ニヤつく男もいた。

最初、日下は、自分が、警視庁の刑事であることはいわずに、

「自動車会社のセールスの仕事をやっているので、どうしても、時間が不規則になってしまうのです」

とだけいってあった。

それが、三ヵ月くらい経った時、刑事であることが、バレてしまった。

その日、ウィークデイの、夜の九時頃、教室にいた生徒は、日下のほかには、二人の女性だけだった。この時、日下は、中国で最高の名筆といわれる王羲之《おうぎし》を手本に、一日中半紙に同じ字を書いていた。

その時、日下の携帯に、上司の十津川《とつがわ》警部から電話が入った。

日下が、出ると、十津川は、

「隅田《すみだ》公園でアベックが襲われた。犯人は、まず男のほうを鈍器で殴って気絶させ、女を襲っている」

「ホシは、二年前の世田谷《せたがや》の事件を真似ているようですね」

「そうらしい。すぐに、現場の隅田公園に来てくれ」

「分かりました。これからすぐ、現場に急行します」

日下は、立ち上がると、先生の麗花に、

「急用ができてしまいましたので、申し訳ありませんが、今日は早退させていただきます」

と、いったが、その時、相手の顔色が変わっていることに気がついた。

今の携帯の会話で、日下が、自動車会社のセールスマンなどではなく、現職の刑事であることに気がついたに違いない。

それで、気を悪くしているのかと思い日下は、少し声をひそめて、

「実は、私は、警視庁捜査一課で、刑事として働いています。今まで、あなたにウソを

ついていて申し訳ありません」

と、麗花に、頭を下げたのだが、彼女は、黙ったまま、咎《とが》めるような目で、日下をじっと見ている。

日下には、以前にも、ある女性に、ただのサラリーマンだとだけ話していて、後で刑事であることを知られて、

「エッ、あなたって刑事さんなの？　ビックリしたわ」

と、驚かれたことが、あった。

それでも、大抵、相手は、笑顔になっているのである。決して、裏切られたと怒ったりはしない。日下が、刑事だと知って、ビックリはしても、刑事なら信用できるし、面白い話が聞けるのではないかという、いわば期待を持った笑顔だった。

ところが、今日の麗花には、全く、笑いはなかった。

「急用ができたんでしょう？　早くお帰りなさい」

麗花は、明らかに、怒りの表情だった。

日下は、麗花の表情に、戸惑いを感じながらも、急いで、現場の隅田公園に向かった。

この事件そのものは、半月後に、あっさりと解決してしまった。

事件の捜査をしている間は、習字の先生、岡田麗花のことを、忘れていたが、事件が片付くと、日下は、どうしても彼女のことが気になってきた。

日下が、現職の刑事だと分かった瞬間、麗花は、どうして、あんなに強い、過剰な反

応をしたのだろうか？

　彼女の驚きようは、普通ではなかったから、ひょっとすると、過去に、何か、刑事を嫌うような、暗い部分があるのではないだろうかと、日下は、考えた。

　こうなると、そのことに、必要以上に拘《こだわ》り、何とかして、疑問を解決しようとするのが、日下という男の、持って生まれた性分だった。

　そこで、まず、日下は、区役所に行き、岡田麗花の住民票を、見せてもらった。

　岡田麗花というのは、筆名だと分かった。

　本名は、岡田林檎《りんご》だった。しかも、本籍地が、青森県青森市になっている。

　青森に生まれたから名前が林檎というのは、多分、両親が付けたのだろうが、それにしても、あまりにも、まともすぎるというか、ストレートすぎて、つい、笑ってしまった。

　自分より二、三歳上だろうと、二十八歳の日下は想像していたが、その通りで三十一歳という年齢も分かった。現在、独身である。

　日下が、アレッと、思ったのは今の住所に引っ越してきたのが、二年前に、なっていたことである。前の住所は、足立《あだち》区北千住《きたせんじゅ》になっていた。

　ところが、非番の時に、足立区役所に、行ってみると、岡田麗花こと岡田林檎が、北千住のマンションに引っ越してきたのは、同じく二年前になっていた。

　その後、興味と意地とで、次に、北千住の前の住所を調べてみると、今度は、一年前に、板橋区上板橋《かみいたばし》の、こちらも、マンションになっていた。

岡田林檎は、上京してから、三十一歳の今日まで、実に八回も、引っ越しをしているのである。

こうなると、日下は、なおさら、彼女に、興味を持ったし、なぜ、こんなに頻繁に引っ越しをするような、生活をしているのかにも、関心を持った。

岡田林檎、今は、岡田麗花であるが、彼女が生まれたのは、「青森市安方《やすかた》×丁目、割烹《かっぽう》岡田」となっている。地図で見ると、青森駅の近くである。郷土料理の店を出していた、両親の間に、岡田林檎は、生まれたのだろう。

地元の県立高校を卒業すると、十八歳で彼女は上京し、最初の四年間はコンビニのチェーン店で働き、その時の住所は、コンビニの、社員寮になっていた。

その後は、東京の中を、グルグルと回るように、八回もの引っ越しを繰り返しているのである。

日下は、同僚の西本《にしもと》刑事と、食事をしている時に、彼女の話をした。

「彼女は、この九年間に、八回も引っ越しをしているんだ。いくら何でも、ちょっと、多すぎはしないか？」

日下が、いうと、西本は、

「普通に考えれば、引っ越し魔ということになるんだろうね。もし、何かの事件に関係しているとすれば、誰かから、逃げ回っていることも考えられるよ」

「あるいは、逆に、誰かを、追い掛け廻《まわ》しているのかもね」

日下も、自分の考えを、いった。

「一つききたいんだが、彼女は、そんなにいい女なのか？」

いきなり、西本が、きいた。

思わず、日下が、

「エッ」

と、いうと、

「いい女だからこそ、気になって、いろいろと、調べているんだろう？」

と、西本が、笑った。

「ああ、たしかに、かなり魅力的な、女性だよ。ただ、俺が、どうにも、気になるのは、俺たち警察の人間を、敬遠するような、何か暗い過去があるような気がして仕方がないんだ」

「彼女、結婚しているのか？」

「いや、住民票を、見る限りでは、独身だ」

「そんなに、気になるのなら、いっそのこと、青森まで行って、調べてみたらどうなんだ？　彼女のことが、何か、分かるかもしれないぞ」

西本は、けしかけるように、日下に、いった。

しかし、これは、事件に関係したことでもないし、あくまでも、日下の個人的な興味だし、それに、青森に行くような事件もなかった。

そこで、日下が、考えついたのは、以前、ある事件の犯人を、東京から逃亡先の青森に、追っていった時、合同捜査をした青森県警に、依頼することだった。その時、青森側の捜査の責任者は、たしか、池永《いけなが》という警部補だった。

池永は実直で、仕事熱心な、刑事だったという記憶が、日下には、あった。

そこで、池永警部補に、日下は、手紙を書いた。

「ちょっとしたことから、青森市安方×丁目にある割烹岡田の娘として、三十一年前に生まれた岡田林檎という女性と、知り合いました。

彼女について、お暇な時で結構ですから、経歴などを調べて、教えていただけないでしょうか？

岡田林檎は、地元の高校を卒業した後、十八歳で上京し、その後はずっと東京で生活している女性で、現在、個人的に習字を教えています。

勝手なお願いで恐縮ですが、よろしくお願いいたします」

ファクスにせず、手紙にしたのは、あくまでも、公務ではなくて、個人的な依頼だったからである。

ところが、驚いたことに、手紙を投函《とうかん》してから、一週間後、返事の代わりに、池永本人が上京し、捜査一課に、日下を訪ねてきたのである。

現在五十歳になっているという池永は、五年前に警察を辞めて、今は、青森市内で警備保障の仕事をやっているという。

日下は、わざわざ、本人が東京まで来てくれたことに、恐縮しながら、

「電話か、手紙でも、結構でしたのに、こちらまで足を運んでいただいて、申し訳ありません」

「実は、あなたのおっしゃっている、岡田林檎の顔が見たくて、上京してきたのです」

と、意外なことを、いった。

日下は、池永を、岡田林檎が住むマンションに案内した。

「彼女は、ここに住んで、何人かの生徒を持って習字を教えているのですが、午後四時頃になると、毎日、近くのコンビニに買い物に行きます」

日下が、池永に、言った。

二人が、コンビニの入り口が見える物陰に、隠れて、岡田林檎が、来るのを待っていると、午後四時二十分になって、日下の言葉通り、岡田林檎が現れた。セーターにジーンズという、ラフな恰好《かっこう》である。

池永は、通りのこちら側から、じっと岡田林檎の顔を見ていたが、持参したデジカメで、何枚か写真も撮っている。

日下は、なぜ、池永が、わざわざ、上京してきたのか、その理由が知りたくて、池永

を、近くの喫茶店に誘った。

池永は、コーヒーを、注文した後で、

「それにしても、時間というものは、怖いですな」

「それは、岡田林檎のことですか？」

「ええ、私が、最初に彼女に会ったのは、たしか、彼女が、地元の高校を卒業する、一ヵ月くらい前でしたかね。十八歳だった彼女は、まだ幼さが、どこかに、残っていて、名前の通りに、リンゴのような、丸々とした顔をしていましたよ。それが、今では、すっかり大人になってしまって」

と、池永が、いう。

「その時、もちろん、池永さんは、まだ青森県警の刑事だったわけでしょう？」

「そうです。たしか、私は、三十六か、七歳でした」

「彼女は、何か、刑事事件に関係していたんですか？」

「そうです。日下さんがお調べになったように、彼女の両親は、青森駅の近くで、割烹岡田という郷土料理の店を経営していました。さして大きな店ではありませんでしたが、ひとり娘の岡田林檎が津軽《つがる》三味線を弾いて、お客さんを楽しませるというので、地元では、なかなかの、人気がありました」

と、いい、池永は、コーヒーを、口に運ぶと、

「十三年前の二月の十日でした。店をやっていた岡田夫妻が殺されるという事件が起き

たんですよ」

「犯人は、すぐ、逮捕されたんですか？」

「事件から二日後に、逮捕されました。当時、店には、五人の従業員がいたのですが、一番若い二十二歳の野村大輔《のむらだいすけ》という従業員が、逮捕されました。野村大輔は金にだらしのない男で、サラ金に、百万円を超す借金をしていましてね。それで、二月十日の夜、自宅マンションに帰った後で、夜中になってから、店に、現金を盗みに入ったのです。ところが、気づかれてしまい、岡田夫妻を包丁で刺して、殺してしまったというわけです」

「その時、娘の林檎さんは、無事だったのですか？」

「ええ、無事でした。両親は、一階で寝ていましたが、ひとり娘の彼女は、二階で寝ていたので、一階の騒ぎには、全く、気がつかなかったと、証言しているのです」

「それで、犯人は、その後、どうなったのですか？」

「二人の人間を殺しているし、その後、百万円の現金を、強奪して逃亡しているのです。それで、強盗殺人の罪で、懲役十五年の、判決を受けました」

「今年で、事件が起こってから、十三年ですか」

「そうなります。野村は模範囚だったので、二年刑期が短縮されて、今年の八月には出所してくると聞いています」

と、池永が、いった。

「岡田林檎は、両親が、殺されるという大きな事件に遭遇した後、青森から、上京してきたわけですね？」

「そうです。まだ十八歳で、高校三年生だった岡田林檎は、喪主として両親の葬儀を済ませ、高校の卒業式に出席した後、上京したのです。十八歳にしては、なかなか立派なものですよ」

「それだけですか？」

　と、日下が、きくと、池永は、

「エッ」

　という顔になって、

「それだけとおっしゃるのは、どういう、意味ですか？」

「池永さんが話してくださったので、気になっていた岡田林檎という女性のことが、よく、分かりました。彼女は、大変な事件に巻き込まれていたんですね。しかし、警察側からいえば、十三年も前に、すでに、終わった事件ですよね？　それなのに、池永さんが、わざわざ、上京されたのには、何か理由が、あるのではないかと思うのですが、違いますか？」

　日下が、いうと、

「そうなんですがね」

　と、池永が、口籠《くちごも》った。

「ひょっとすると、十三年前の事件の時、池永さんは、本当の犯人は、その、二十二歳の野村という従業員ではなくて、ひとり娘の岡田林檎ではないかと、思っていたのではありませんか？」

日下が、池永の顔を見ながら、ズバリと、きいた。

「分かりますか？」

「ええ、分かりますよ。でも、なぜ、池永さんは、二十二歳の若い従業員ではなくて、被害者の実の娘である彼女が、犯人だと思ったんですか？」

「彼女の表情ですよ」

と、池永が、いう。

「表情？」

「特に、目です」

「しかし、二十二歳の若い従業員が、岡田林檎の両親を、殺したことは、間違いないのでしょう？」

「そうなんですよ。従業員の野村大輔が、自分がやったと自供して逮捕されました。野村大輔は、盗みに入ったところを店の主人夫妻に見つかり、店にあった包丁で、二人を刺して殺しました。これは事実で、間違いないのです。それで、逮捕した野村大輔を、現場に連れていき、殺人の模様をしゃべらせたわけですが、その時、私以外の捜査員は、野村大輔の顔を、見ていました。私は、現場に岡田林檎も、いたので、気になって、時々、岡田林檎の表情を、見ていたんです。いいですか、自分の両親を殺した犯人が、刺し殺した時の模様を、しゃべっているんですよ。当然、野村大輔を見る彼女の目には、激しい憎しみがあってしかるべきでしょう？」

「それは、そうですね」

「ところが、彼女の目にはそんなものは全くなかったんですよ」

「岡田林檎の目には、何があったんですか？」

「あれは明らかに、愛です。野村大輔に対する愛ですよ」

池永は、ニコリともせずに、いった。

「岡田林檎が、犯人の野村大輔と親しくなるような理由があったんですか？」

「割烹岡田では、ひとり娘の岡田林檎が、お客に、津軽三味線を聞かせるのが、評判になっていたと、さっきいいましたよね？」

「そうお聞きしました」

「彼女は、津軽三味線の名手で、高校二年の時には、高校大会で、優勝しているのです。実は、林檎自身は、津軽三味線があまり好きではなかったようなのですが、両親にいわれて無理やり、野村眉山《びざん》という、青森に住む津軽三味線の名人に、中学時代から、習わされていたのです」

「なるほど、野村眉山という津軽三味線の名人ですか」

と、いってから、日下は、さらに言葉を続けて、

「今、思いついたのですが、野村眉山というと、ひょっとすると、犯人の野村大輔の父親ですか？」

「その通りです」

「なるほど。少しずつ、事情が分かってきましたよ」

「日下さんがいったように、十三年前の事件ですから、もう終わっているんです。そんなことは私にも、よく分かってはいるんですがね」

と、いって、池永は、小さく、ため息をついた。

「しかし、池永さんは、刑事を、お辞めになった今でも、事件のことが忘れられないんですね？」

「残念ながら、その通りです」

「池永さんは、今、野村大輔という当時二十二歳の若者が、店の主人夫妻を殺して、百万円を奪って逃げたといわれましたね？　あなたが、岡田林檎が犯人だという時には、彼女と野村大輔とはどんな関係になるんですか？」

「二人が、いわゆる、いい仲であったことは、はっきりしているんです。もちろん、私は、岡田林檎が、自分自身の手で両親を殺したとは思っていません。殺したのは、あくまでも野村大輔でしょう。しかし、野村大輔には、金を奪うためにというより、岡田林檎のために、彼女の両親を殺したという気持ちの方が強かったに違いないのですよ。岡田林檎にも、共犯者の意識があったことは間違いないのです。その証拠が、あの目です」

「池永さんが、四十五歳で、警察を辞められたことにも、この事件が、関係しているのですか？」

「この事件の時、捜査本部は、野村大輔の単独犯と、断定しました。サラ金からの、多額の借金を返そうとして、深夜、店に盗みに入った。ところが、店主夫妻に見つかったために、二人を殺してしまい、そこにあった百万円の現金を、奪って逃げた。この強盗殺人事件は、野村大輔の単独の犯行で、店主のひとり娘、岡田林檎は関係がない。野村大輔が逮捕され自供して終わりでしたが、私は、実行犯は、野村大輔かもしれないが、娘の岡田林檎は心情的には、共犯者だと、確信したのです。野村大輔は、岡田林檎のために、殺人を犯した。心情的な共犯であると捜査会議でも、そう主張したのですが、ほかの捜査員からは、一笑に付され、無視されてしまいました」

「岡田林檎には、両親を恨む理由があったのですか？」

日下が、きいた。

「これは、事件が終わった後、私がひとりで調べたことなのですが、岡田林檎は、津軽三味線の名手ということになっていますが、さっきも申し上げたように、彼女自身は、津軽三味線が嫌いで、ギターか、ピアノを習いたかったし、それは友だちに話しています。それなのに、両親は無理やり、津軽三味線を習わせたんですよ。林檎という名前も、彼女は、嫌いだったといいます。中学時代、林檎という名前を、からかわれて、イジメにも遭っていたようです」

「青森の生まれだから林檎というのは、たしかに、直接的すぎますね。そんなところにも両親の無神経さを感じていたんですかね」

と、日下は、いった。

「それで、彼女は習字を習って、生徒を取る時に、麗花という名前にしてしまったのではないかと、思っているんです。実行犯の、野村大輔は、サラ金に借金があって、やたらと、金遣いが荒かった。それが、殺人の動機だと、いわれたのですが、私が調べたところでは、金遣いが荒いというよりも、好きな岡田林檎のために、借金をしたといったほうが、正解だという思いが、私には、あるんです」

「池永さんは、五年前に、警察を辞められたんでしたね？　その後も、岡田林檎のことは、気に、なっていましたか？」

「そうなんです。警察を辞めた後でも、岡田林檎のことが、気になっていましてね。事件のあと、彼女が、どんな生活を送っているのかを、知りたかったんですよ。時間があると、私は、東京に出て、岡田林檎を探しました。ところが、住所を、調べ上げて、そこに行ってみても、たいていは、引っ越してしまった後でした」

池永は、小さく肩をすくめて見せた。

「岡田林檎は、池永さんが、時々、東京に出てきて、自分を探していることに気づいていたのでしょうか？」

「それは、分かりません。しかし、やたらに引っ越しをしていたところを見ると、自分を探し回っていた私が、疎ましかったのかも、しれません」

（やはり、岡田林檎は、単なる引っ越し魔ではなくて、この元青森県警の刑事の目から逃げ回っていたのだ）

と、日下は、納得した。

「今、野村大輔は、どこの刑務所に、収監されているのですか？」

「東京の府中《ふちゆう》刑務所です」

と、池永が、いう。

それにも、日下は、

「なるほど」

と、納得した。

岡田林檎は、九年間に、八回も引っ越しをしている。しかし何回引っ越しをしても、東京からは離れなかった。それが、日下には不思議だったのだが、野村大輔が、現在、東京の府中刑務所で服役しているということなら、林檎が、東京から離れなかったことも納得がいく。

「野村大輔の父親は、津軽三味線の名人といわれましたね？」

「そうです。野村眉山は、青森に住んでいる津軽三味線の弾き手の中では、一、二を争う名人ですよ」

「その野村眉山は、現在でも、健在なのですか？」

「いや、すでに亡くなっています。十三年前に殺人事件が起きた時、野村眉山は六十歳でした。彼は、自分の息子が、殺人犯として、逮捕されたことに、ショックを受け、それで、体調を崩したのか、七十歳の時に、肺がんで亡くなりました。今も青森の町の中には、野村眉山が、津軽三味線の名人だったことを示す碑があります」

「野村眉山の息子の野村大輔も、津軽三味線は、よく弾くのでしょうか？」

「それが津軽三味線の名人の息子ですから、一応は、弾きますが、そんなに熱心ではありませんね。本人は、高校時代から友達とバンドを作って、そこで、ボーカルで歌っていました。ですから、現在、府中刑務所に入っている野村大輔も、岡田林檎と同じように、父親に対して反抗していたのではないかと思います」

「つまり、野村大輔と、林檎とは、そんなところでも、心情的に、惹《ひ》かれていたのかもしれませんね」

「私も、そう思っています」

「池永さんは、これから、どうされるおつもりですか？　しばらく、東京におられますか？」

日下が、きくと、池永は、

「本当は、しばらく居たいのですが、青森に仕事があるので、なるべく早く、帰らなければいけないのです。それで、日下さんに、お願いがあります」

「何でしょう？　私に出来ることなら、協力は惜しみませんよ」

「実は、府中刑務所に行って、野村大輔に会って話を、したいのですよ。ただ、私は、前にはあの事件を担当していましたが今は、単なる市民でしかありません。ですから、所長が、会わせてくれるかどうかはわかりません。そこのところを、日下さんに助けていただければ、ありがたい」

　と、池永が、いった。

「わかりました。明日にでも、府中刑務所に行きましょう。私も、池永さんのお話を聞いて、野村大輔という男に、会ってみたくなりました」

　と、日下が、いった。

2

　翌日、日下は、上司の十津川警部に、断って、池永と一緒に、府中刑務所に行った。

　北川《きたがわ》という所長に会って、野村大輔のことをきいた。

「野村大輔は、殺人事件で十五年の刑を受けて、今、この府中刑務所に、収監されているとのことですが、二年間短縮して、今年中に、出所するようなことを、聞いたのですが、これは、本当ですか？」

　日下が、北川所長に、きいた。

「そうです。刑期を短縮して、今年の八月に出所します」

北川所長が、肯《うなず》く。

「野村大輔は、模範囚なんですね？」

「そうです。しかし、真面目で、仕事熱心な模範囚というわけでは、ありません。なぜか、ほとんど、一日中、口を利かないのですよ。指示されれば、その通りに動くし、必要最小限のことは、いいますが、いつも黙っているのです。そういう模範囚です」

「野村大輔に対して、面会を許可していただけますか？」

今度は、池永が、きいた。

「いいでしょう。許可いたします」

北川所長は、簡単に、許してくれた。

北川所長が案内してくれた部屋で、野村大輔と面会することができた。

日下と池永が待っているところに、看守に連れられて、野村大輔がやって来た。

刑務所生活十三年、それでも、意外にしっかりした足取りで、まっすぐ前を見つめて歩いてくる。

面会室で、向かい合って腰を下ろすと、その野村の顔に、戸惑いが生まれた。

「あんたには、どこかで会ったことがある」

野村が、池永に、向かって、いった。

「十三年前」

と、池永が、ボソッと、いうと、野村は、大きくうなずいて、

「ああ、そうだ。あんたは、あの時、俺を、逮捕した青森県警の刑事さんだ。俺が起こしたあの事件のお蔭《かげ》で、あんたも、ずいぶん出世したんじゃないの？」

と皮肉をいった。

「警察は、五年前に、辞めました。今は、ただの、警備保障会社の社員ですよ」

と、池永が、答えた。

ふーんと、野村は、鼻を鳴らしてから、今度は、日下に、目を向けて、

「あんたは、初めて見る顔だけど、やっぱり、刑事さんなのか？」

日下は、その質問に、答える代わりに、

「私は、近所に住んでいる岡田麗花さんに、習字を習っている」

「彼女から習字を、習っているの？」

「そうだ。私は、字が下手でね。オフクロに、習ったほうがいいといわれて、近所のマンションで岡田麗花さんに、習字を教わっている。さっき、所長さんに聞いたら、彼女は、毎月一回は、必ず面会に来るそうじゃないか？」

日下が、いうと、野村は、

「あんたは、おれの事件を捜査したわけじゃないだろう？　初めて見る顔だもんね」

「君の事件を捜査した刑事は、こちらの池永さんだ」

「それなら、どうして、あんたが、面会に来たんだ？」

「君という人間に、関心があったからだ」

「関心だって？」

「今年の八月には、刑期を終えて出所するんだろう？　そのあと、君は、どうするんだ？」

「そんなこと、答えられるか。ここを出た後、俺がどこに行って、何をしようと、あんたには関係がない」

野村大輔は明らかに、怒っていた。

「岡田麗花は、毎月、ここに、面会に来ている。君は、出所した後、彼女をどうする気だ？　一緒に青森に帰るのか？」

池永が、きいた。

「それも、あんたには、何の関係もないだろう？」

「そういうわけには、いかないんだ。私は青森で、十三年前、ほかの刑事たちと一緒になって、君を逮捕した人間だ。ここを出所した後、君がどうするのか、どんな生き方をしていくつもりか。ぜひ、知っておきたい」

「俺は、もう三十五歳だよ。あんたたちに心配してもらわなくても、ひとりで、生きていけるんだよ。これ以上、警察に、あれこれいわれて、干渉されるのは、まっぴらだ」

「その気持ちは、分かるが、一つだけ、君に聞いておきたいことがある」

池永が、粘った。

「正直に答えてもらえれば、これ以上、君や岡田麗花を、追い回したりはしない。それいっているだろう」

「あんたが、俺に何を聞きたいのか、分かっているんだ。だから、答えたくない。そう
「何がダメなんだ？」

野村大輔が、いった。

「ダメだ」

は約束する」


「それなら、かえって話しやすい。私はね、十三年前に君を、逮捕した時から、五年前に警察を辞める時まで、いや、辞めた後もだが、十三年前の殺人事件には、岡田林檎が、関係していると思っている。当然、君は、その答えは分かっているはずだ。だから、答えてほしい。岡田林檎は、両親の殺しについて、何か絡んでいるんじゃないのか？　その答えだけを、今、教えてくれ」

「それじゃあ、答えてやる。彼女は、十三年前の殺人には、何の関係もない。俺がひとりで、金が欲しくて、深夜、あの店に、忍び込んだら、見つかったから、殺したんだ。それで、強盗殺人の罪に、問われて、懲役十五年の刑を受けて、こうして刑務所に、入っている。十三年間も文句もいわずに、ずっと刑務所に入っているんだ。それなのに、今さら、事件の真相は、どうだったのかとか、彼女は、共犯じゃないのかとか、そんな質問に、どうして、俺が答えなくちゃならないんだ？　第一、俺は、十三年間、刑務所に、入っている。お務めは、ほとんど、済ませたんだよ。それなのに、どうして、あん

たのくだらない質問に、いちいち、答えなくちゃならないんだ？」

少しずつ、野村大輔の口調に、怒りが高まってくるのを、日下は、感じた。

その後、野村大輔は、黙ってしまい、池永も、黙ってしまっている。

仕方なく、日下が、野村大輔に、

「君は今でも、岡田林檎のことが、好きなのか？」

と、聞いた。

その答えは、なかった。

3

八月二日の午後一時に、野村大輔が、府中刑務所を、出所することが決まったと、北川所長から電話で教えられた。

「青森の池永さんにも、知らせていただけましたか？」

「こちらから知らせる前に、池永さんのほうから、昨日、電話がありましたよ。明後日《あさって》、つまり、明日ですが、野村大輔を、何時に釈放するのか教えてくれとおっしゃるので、八月二日の午後一時だとお教えしました」

その日の夜、池永が再び上京してきた。

今回は、府中刑務所の近くのホテルに泊まっているという。

日下は、すぐ、会いに行った。

久しぶりに会った池永は、なぜか妙に、はしゃいでいた。

「明日の午後一時に、野村大輔は、府中刑務所を出所します。どうですか、今夜、一緒に飲みませんか？」

と、日下は、誘われた。

二人は、府中駅前商店街の中の小さな飲み屋に行った。

「今夜は、やたらに、飲みたい気分なんですよ。とにかく、明日の午後、野村大輔が釈放されるのですから」

と、池永が、いう。

「しかし、池永さんは、実行犯は野村大輔だけど、本当の犯人は、岡田林檎だと、今でも堅く信じておられるのでしょう？」

「ええ、そうです」

「それなのに、どうして、野村大輔の出所が、そんなに、嬉《うれ》しいのですか？」

「そうなんですよ、日下さん」

池永は、もう、酔った口調で、いった。

「私はね、本当は、岡田林檎のことも、野村大輔と一緒に、刑務所に送りたかったんですよ。そうしなければ、十三年前のあの殺人事件は、完全には解決しないですからね。そう思っているんですよ、今でも」

と、いいながら、池永は、手酌で飲んでいた。

「しかし、今になってみると、今さら、岡田林檎を、刑務所に放り込むわけにもいきませんしね。どうしたらいいんですかね？　それに、岡田林檎の跡を、追い回しているうちに、何となく、彼女に、親近感を持ってしまいましてね」

池永は、そんなことをクドクドいっていたが、そのうちに、酔って眠ってしまった。

4

翌日、日下も、上司の十津川警部の許しをもらって、池永と一緒に、青森に行くことになった。

午後一時に出所した野村大輔を、岡田林檎が待っていて、東京駅に直行し、新幹線で青森に帰るのを追いかける形に、なってしまった。

四人が着いた青森は、今日から、ねぶた祭りが始まっていた。

町中が、太鼓と人々の歓声で、渦巻いていた。武者絵の巨大な山車《だし》が、ゆっくりと、大通りをねっていく。

日下は、岡田林檎の両親がやっていた、割烹岡田の店が、今もあって、誰かがやっているのか、それとも、潰《つぶ》れてしまったのか、それを知りたいと、思っていたのだが、祭りの熱気の中に、放り込まれると、そんなことはどうでもよくなった。

青森市役所の前の大通りに、大きなスピーカーが並び、巨大な武者絵を乗せた山車が通りすぎ、そのスピーカーが太鼓と、らっせらーらっせらーの大音響を、響かせている。

大きな武者絵を飾った豪華な山車が、大音響の太鼓の音と、お囃子《はやし》に彩られながら、日下と池永の前を、通りすぎていく。

山車は、後から後から、何台も続いて現れてくる。

そのうちに、日下は、跳《は》ね人《と》の恰好《かっこう》をした岡田林檎と、今日出所したばかりの野村大輔の姿を、発見した。

灯《あかり》をつけた武者絵の山車が、大通りを右に左に、揺れ動きながら近づいてくると、その後に続いた跳ね人たちの中の、岡田林檎と、野村大輔も、夢中で跳ね、ふと、見物席に、日下と池永を発見したのか、林檎が踊りながら、近づいてきた。

「一緒に踊りましょうよ」

と、大声で、林檎が、いった。

「私たちは、跳ね人の恰好をしていないからね」

そういって、日下が、断り、池永は、返事をしなかった。

野村大輔が、飛び跳ねながら、林檎を、手招きした。

「おい、早く来いよ。そんな奴らに構っているな！」

と、大声で、怒鳴っている。

林檎は上気して、名前の通り、真っ赤な顔をしていた。

「楽しくて、楽しくて」

と、林檎は、変に、甲高い声で叫びながら、野村大輔を追い掛けていった。

不意に、日下の胸を、冷たいものが走りすぎた。

隣で見物している池永は、自分にとって、十三年前の殺人事件は、まだ解決していないと、いった。

飛び跳ねながら目の前を通りすぎていった岡田林檎と、野村大輔にとっては、どうなのだろうか？　あの二人にとっても、まだ十三年前の殺人事件の決着は、ついていないのだろうか？

そう思った途端、日下の体に、戦慄《せんりつ》が走った。

5

この日のねぶたは、午後六時から午後九時までと、一応、決まっていたが、九時をすぎても、ところどころで、太鼓が鳴り、酔っぱらったような跳ね人たちが、小さなグループを作って、踊りまくっていた。

岡田林檎と野村大輔が、どこに行ってしまったのかもわからなかった。

日下は、見物席で見ているだけでも疲れ切り、池永が予約しておいてくれた浅虫《あさむし》温泉のホテルに入った時は、すでに、午前零時を回っていた。

ベッドに入ると、疲れていたので、すぐに眠ってしまった。

翌日、目を覚ました時には、すでに午前十時をすぎていた。それも、部屋の電話が鳴っているのに気がついて、やっと、目を覚ましたのである。

受話器を取ると、酔っぱらった池永の声が、聞こえた。

「朝っぱらから、酔っぱらっていて、すいません。だけど、どうしても、あなたに、電話をしたかったんですよ」

と、池永が、いう。

「何があったんですか？」

と、日下が、きく。

「さっき、青森県警から、知らせが入ったんですよ。岡田林檎と野村大輔が、青森港で水死体になって浮かんでいたという知らせが。あいつら、勝手に心中しやがった」

と、池永は、大声で、いった。

「えっ、二人が、死んだんですか？」

「俺はね、いつか、あの二人に、全てを、自供させてやる、真実を話させてやると、思っていたんです。それが、俺の、生き甲斐《がい》だったんですよ。ところが、これからという時に、あいつらは、勝手に、死にやがった。自分たちで決着をつけやがったんですよ。俺にはもう、何もすることがないんだ。これから先、俺は、どうしたらいいんですか！

日下さん」

「大丈夫ですか？」

日下が、呼びかけても、電話の向こうの池永は、こちらの声など、全く聞いていないようだった。

池永は、勝手に怒鳴りまくった。

「俺には、もうやることが、何もないんですよ。五年前に警察を辞めてから今日までずっと、あの二人を追い掛けて、何とか真相を告白させてやりたかった。俺は、十三年前からずっと、スッキリしないで、腹ばかり立てていたんですよ。それなのに、あいつらは、自分たちで勝手に決着をつけてしまいやがった。俺は、これから先、いったい、どうすればいいんですか、ねえ、日下さん、教えてくださいよ！」

北の空に殺意が走る

1

最近、日下刑事は、仔猫《こねこ》を飼うような破目になった。

最初は、何という種類の猫なのかわからなかった。多分、雑種に違いないと思った。小さくて、まだ、耳がしっかりと立たず、猫の仔だか、犬の仔だかわからない。あとでわかったのだが、生後一ヵ月くらいだったのだ。

十二月初旬、帰宅した日下が、ドアについている郵便受けから、新聞を抜き出すと、かすかな猫の鳴き声がした。驚いて、郵便受けをのぞき込むと、そこに、小さな仔猫が、ぐったりした恰好《かっこう》で、入っていたのである。

誰かが、廊下から、郵便受けに、放り込んだらしい。

(ひどいことをする奴がいる)

と、腹が立ったが、といって、その仔猫を、放り出すわけにはいかなかった。

とにかく、弱り切っている仔猫を、温かい電気ゴタツの上にのせて、暖かくし、冷蔵庫に残っていた牛乳を温めた。

呑《の》ませようとしたが、ぴいぴい鳴くだけで、呑もうとしない。日下は、指先に牛乳をつけては、小さな口に押し込んだ。それを、何回も、繰り返している中《うち》に、急に、鳴き声が、聞こえなくなってしまった。

(死んでしまったのか？)

と、あわてたが、よく見ると、眠ってしまったのだ。

電気ゴタツの上で、丸まって動かない仔猫を、日下は、じっと、見つめた。犬を飼ったことはあるが、それも、子供の頃である。猫は初めてだし、こんな小さな仔猫を、じっくりと見るのは、初めてだった。

手も、足も、やたらに小さい。指先で触れると、ぐにゃりと柔らかい。猫の身体が、こんなに柔らかなものだとは、知らなかった。

突然、小さな手足を思い切り突っ張るようにして、のびをした。眼をさましたのかなと思ったが、また、丸まって、眠り続けている。

(これから、どうしたらいいだろう？)

日下の住むマンションは、表向きは、犬猫を飼うのは、禁じられているが、部屋から出さなければ、黙認ということになっていた。

だから、飼おうと思えば、飼えるのだが、日下には、自信がない。何しろ、相手は小さい。この小さな生物を、どうやって育てていったらいいのか、わからないのだ。

かといって、捨てるわけにもいかない。そっと、他の部屋の郵便受けに放り込むなどということは、日下には、死んでも出来ない、みっともないことだった。

一番いいのは、親猫のところへ返すことだが、何処にいるのか、わからなかった。

日下の住んでいる中古マンションは、大部分が、１Ｋの小さな部屋で、その他に、２

DKが、八室くらいある。住んでいる人間は、五、六十人だろうが、日下は、ほとんど、つき合いがなかった。だから、どの部屋の住人が、猫を飼っているか、わからない。

とにかく、しばらくは、飼うより仕方がないだろうと思い、日下は、捨てようと思っていた段ボール箱を取り出し、それに、タオルを敷いて、まず、寝床を作った。

翌日、警視庁からの帰りに、ペットショップに寄り、『仔猫の飼い方』という本と、哺乳器《ほにゆうき》と、仔猫用の粉ミルクを買い込んだ。

『仔猫の飼い方』を広げると、いろいろな仔猫の写真が、出ている。

日下が、唯一知っている猫は、シャム猫だが、その他に、いろいろな猫がいるらしい。

日下は、段ボールの中で眠っている仔猫を、コタツの上にのせ、本の写真と、比べていった。

（あれ？）

と、思ったのは、どうも、この猫は、雑種ではなく、アビシニアンというエジプト原産の猫らしくなってきたからである。

クレオパトラの可愛がった猫だという。そう思って見直すと、気品がなくもない。仔猫でも、七、八万はすると、書いてあった。

日下が、いじくり廻《まわ》したので、仔猫は眼をさまして、ぴいぴい鳴き出した。急いで、買ってきた缶詰めを開け、ミルクを作り、哺乳器を使って呑ませようとしたが、これが、なかなか、うまくいかない。仕方がないので、これまでのように、指を、ミルクで、しめらせて、なめさせることにした。

そんなことを、しながら、日下は、

(おかしいな)

と、思い始めた。

最初は、雑種だと思ったので、飼い主が、捨てる場所に困って、日下の郵便受けに、投げ込んだのだろうと考えたのだが、これが、純粋なアビシニアンなら、話は違ってくる。

貰《もら》いたいという人が、沢山いる筈《はず》だと、思ったからである。

日下の知人に、シャム猫を飼っている人がいる。六匹の仔猫が生まれたが、全部を飼うわけにはいかないので、二匹を残して、あとの四匹を、人に譲ることにして、電柱に、シャムの仔猫をあげますと書いた紙を貼った。そうしたら、たちまち、十五、六人の希望者が、連絡してきたというのである。

アビシニアンでも同じだろう。

シャムなどの有名な猫が貰い手が多く、雑種が捨てられるのは、考えてみれば、差別みたいだが、世の中というのは、そんなものなのだ。

2

年が明けて、二月に入ると、例の仔猫は、身体も大きくなり、部屋の中を、走り廻るようになった。

うす茶の毛並みの仔猫は、どこか、オモチャのライオンみたいに見え、間違いなく、アビシニアンだと、思った。

オスなので、シーザーという名前にしようと思ったが、少しばかり、大げさな気がしたので、ポストという名前にした。郵便受けに、投げ込まれていたからである。

いたずら好きで、カーテンによじ登り、襖《ふすま》を引っかき、コタツの中で、おしっこをしたりしたが、やかましく鳴いたりはしなかった。もともと、アビシニアンという種類が、あまり、鳴かないのかも知れない。

二月二十日。

東京に珍しく、雪が降った。その雪の中で、殺人事件が発生し、日下は、十津川警部に指揮されて、現場に急行した。

現場は小田急線経堂《きょうどう》駅近くのマンションの一室だった。

２ＤＫの部屋の寝室のベッドの上で、ネグリジェ姿の女が、背中を刺されて、死んでいた。

女の名前は、森《もり》けい子《こ》。二十八歳。独身で、職業は、コンパニオンになっていた。

背中は、三ヵ所も刺され、白い絹のネグリジェは、血にまみれている。

部屋の中を調べていた刑事たちのひとり、西本が、

「猫がいましたよ」

と、いって、仔猫を抱いてきた。

「鳴かない猫だね」

と、十津川が、いう。

「アビシニアンという猫は、あまり、鳴かないんです」

と、日下が、口を挟んだ。

「よく知っているね」

「実は、私も、同じアビシニアンを、去年の十二月から、飼っているんです」

と、日下は、いい、西本から、仔猫を、抱き取った。

「馴《な》れてるじゃないか」

と、西本が、笑った。

「丁度、うちの猫と同じくらいなんだ」

と、日下は、いった。

先日、日下は、近くの犬猫病院に、ポストを持って行って、健康診断をして貰ったのだが、その時、生まれて四ヵ月くらいだろうと、獣医が、いった。

つまり、ポストの元の飼い主は、生まれて、一ヵ月ぐらいの時、日下の郵便受けに、投げ込んだことになる。

捜査本部が置かれ、聞き込みが、開始された。

殺された森けい子は、コンパニオンを自称し、名刺も作って持っていたが、実際には、高級コールガールのようなことをやっていたらしい。

彼女のことを知る人の話では、一時、特定のパトロンがついて、経堂のマンションも、その男に買って貰ったというのだが、そのパトロンとも、二年前に、別れたという。

「とにかく、やたらに金を欲しがる女でね。例のパトロンも、それに嫌気がさして、別れたんじゃありませんかねえ」

と、二人をよく知っている人間は、証言していた。

パトロンの名前は、大西友一郎《おおにしゆういちろう》。昔も、今も、新宿《しんじゅく》で、レストランを、経営している。

日下は、西本と、この大西に、会いに出かけた。

大西は、五十二、三歳といったところだろう。彼は、あっさりと、森けい子と、関係のあったことを認めて、

「あれは、同業者の忘年会の時でしたよ。コンパニオンを、七人ばかり呼んだんだが、その中に、彼女が入っていたんです。美人で、スタイルがよくて、色っぽくて、私は、ひと目で、惚《ほ》れてしまいましてね。それから、彼女に、のめり込みましたよ。ええ。あのマンションも買ってやりました。いい時期もあったんです。しかし、時間がたつにつれて、彼女の本性がむき出しになってきましてね。金ばかり欲しがるうえに、あのマンションに若い男を連れ込みましてね。つくづく嫌になって、二年前に別れました。あのマンションは、手切れ金代わりに、くれてやりましたよ」

「最近の彼女のことで何か知りませんか？」

と、西本が、きいた。

「全く、会っていませんからねえ。ただ、噂は時々、耳に入っていましたよ。相変わらず、金ばかり欲しがって、金の切れ目が縁の切れ目みたいな生き方をしているとか。裏切られた男が、彼女を殺してやると、怒鳴っているとかね。いつか、ひどい目にあうだろうと思っていたんですよ」

と、日下が、きいた。

「最近、彼女と深くつき合っていた男を、知りませんか？」

「そうですねえ。私みたいな甘い中年男から、金をしぼり取って、黒川《くろかわ》とかいう若いタレントに入れあげているらしいと、聞いたことがありますよ」

「なぜ、そんなことを、知ってるんですか？」

と、西本が、きくと、大西は、小さく笑って、

「いろいろと、噂を聞かせてくれるお節介な人間がいるんです」

「ところで、大西さんは、猫を飼っていらっしゃいますか？」

と、日下が、きいた。

大西は、びっくりした顔で、

「猫ですか？」

「ええ」

「飼っていませんが――」

「彼女の部屋には、仔猫《こねこ》がいましたが、あなたが知っている頃の彼女は、猫を飼っていましたか?」

「いや、飼ってなかったですよ。彼女は、面倒くさがりだから、猫を飼っても、世話は出来ないんじゃありませんかね。本当に、仔猫がいたんですか?」

「ええ。いました」

「よっぽど可愛い猫だったんですかねえ」

と、大西は、首をかしげて見せた。

西本と、日下の報告で、捜査本部は、黒川というタレントを、調べることになった。

黒川敬《たかし》。二十六歳。プロ野球の選手だったが、肘《ひじ》を痛め、あっさりと、タレントに転向した男である。

一八五センチの長身と、ハーフを思わせる美貌《びぼう》の顔立ちだが、まだ、タレントとしての実績はないから、知名度は低い。ただ、女にもてるという評判だけは、よく聞かれた。

西本と日下が、渋谷《しぶや》のマンションに訪ねた時も、黒川は、若い女と一緒だった。

黒川は、別に、悪びれもせず、女の尻《しり》を叩《たた》くようにして、帰してから、西本と日下を、部屋に招じ入れた。

「きれいな人でしたね」

と、日下が、いうと、

「それだけの女です。きれいだが、頭は、からっぽですよ」

と、黒川は、いった。傲慢《ごうまん》な感じのいい方だった。

「森けい子さんは、どうなんですか?」

と、西本が、きいた。

「ああ、彼女ねえ。あの女は、大人ですよ。しっかりしていましたよ」

「どんな関係だったんですか?」

と、西本が、きくと、黒川は、笑って、

「刑事さんが、肉体関係があったかどうかを聞いているんなら、答えは、イエスですよ」

「彼女が、あなたに、貢いでいたという噂があるんですが、本当ですか?」

「そういういい方は、好きじゃありませんね。男と女は、平等ですからね。どっちが、金銭的に助けても、構わないんじゃありませんか」

「ちょっと、トイレを貸して下さい」

と、日下は、口をはさみ、奥へ入って行った。キッチンの隅に、段ボールが置かれていた。のぞき込むと、ムートンの敷物の上で、仔猫が、眠っている。アビシニアンだった。

日下は、トイレを使ってから、リビングルームに戻ると、

「仔猫を、飼っているんですね」

と、黒川に、いった。

「ええ。血統書つきのアビシニアンですよ」

「死んだ森けい子さんも、同じアビシニアンの仔猫を飼っていましたが、何か、関係があるんですか？」

「ああ。彼女のところで見て、可愛いなといったら、どこかで、買って来てくれたんですよ。何万円もしたといっていたなあ」

と、黒川は、いった。

「彼女は、どこで買ったと、いっていました？」

「聞いていませんねえ。彼女の殺されたことと、猫が関係があるんですか？」

と、黒川が、逆に質問してきた。

「いや、別に」

と、日下は、いった。

「犯人に心当たりは、ありませんか？」

と、西本が、きいた。

「さあ。彼女は、ずいぶん沢山の男と、つき合っていましたからねえ。まあ、僕とは、うまくいってましたが、爺《じい》さん連中からは、金を巻きあげていたから、恨まれてもいたと思いますよ」

と、黒川は、いった。

二人は、捜査本部に戻って、十津川に、報告した。聞いている中《うち》に、十津川は、

「二人とも、黒川という男に、反感を持ったみたいだな」

「楽しい男じゃありません」

と、西本は、いった。

「そうか」

と、十津川は、笑ってから、日下には、

「君は、ひとりで、和倉《わくら》温泉へ行ってくれ」

「ワクラ？」

「能登《のと》の和倉温泉だよ。そこのKホテルで、今朝、泊まり客のひとりが、殺された。東京の人間だ」

「それが、こちらの事件と、関係があるんですか？」

と、日下は、きいた。

「まだ、何ともいえない。だから、君ひとりで、行って来て貰《もら》いたいんだよ」

「しかし、なぜ、私が？」

「それは、行けばわかる。君が、どう考えるか、楽しみにしているよ」

と、十津川は、いった。

3

日下は、十津川が、なぜ、あんな意味ありげなことを口にしたのかわからないままに、羽田《はねだ》から富山へ飛び、富山からは、列車を乗りついで和倉に向かった。

線路の両側は、一面の雪景色だった。それも、深い雪で、駅舎や、農家の軒先からは、氷柱《つらら》が、下がっていた。

和倉に着いた時は、もう暗くなっていた。駅でタクシーを拾い、

「Kホテル」

と、運転手に告げてから、

「あそこで、人が殺されたんだってねえ」

「ああ。泊まってたお客さんが、海岸で、殺されたんだそうですよ」

「どんな人？」

「なんでも、五十歳くらいの東京のクラブのママだと聞きましたがねえ」

「ほう」

「ホテルの支配人さんは、困ってましたよ」

「悪い評判が立つからか？」

「それもあるかも知れないけど、支配人さんは、猫をどうしたらいいかと、悩んでいるんですよ」

と、運転手は、いった。

「猫？」

「ええ。そのお客さんが連れて来た猫ですよ」

「しかし、ホテルや旅館は、ペットは、断るんじゃないの？」

「そうなんですがねえ。あのＫホテルは、行ってみればわかりますが、離れたところにあって、立地条件が、悪いんですよ。普通のサービスじゃあ、客が来ない。そこで、ペット同伴でもいいということで、売ったんです。それが評判になって、週刊誌にものりましたよ。あそこには、ペット専用の露天風呂《ぶろ》もあるし、獣医さんも、近くにいて、いつでも、往診してくれるって、聞いています」

と、運転手は、いった。

確かに、Ｋホテルは、和倉温泉の中心部から、五百メートルほど離れた場所に、ポツンと、建っていた。

入り口のところに、「ペット同伴歓迎致します」と書かれた大きな看板が、掲げてあった。

日下は、チェック・インをすませてから、フロントに、警察手帳を見せ、支配人に会わせて欲しいと頼んだ。

手塚《てづか》という支配人は、ロビーまで、降りて来てくれた。

「亡くなられたのが、東京の方なんで、東京の刑事さんが、わざわざ、来られたんですか？」

と、手塚は、きいた。

「そんなところです」

と、日下は、肯《うなず》いてから、

「殺された女の人の名前を、教えてくれませんか」

「宿泊カードには、平井《ひらい》ゆみ子《こ》と、書かれたんですが、あとで、地元の刑事さんが、調べたら、運転免許証があって、本名が、わかったんですよ。それに、名刺も見つかって、新宿のクラブのママさんで、吉井《よしい》みゆきさんと、わかったんです。年齢は、確か、五十二歳ですが、ずっと若く見えましたね」

「その吉井みゆきさんは、猫を連れて来たんでしたね？」

「そうです。うちは、ペット同伴歓迎ですから」

「どんな猫ですか？」

と、日下が、いうと、

「お見せしましょう」

と、手塚は、いって、事務所から、ルイ・ヴィトンのバッグを持ってきた。犬猫用に、小さな窓がついている。

手塚は、中から、仔猫《こねこ》を引っ張り出して、日下に見せた。

(やっぱりだ)

と、日下は、思った。

日下のところにいるのと同じ、アビシニアンで、同じくらいの大きさだった。

日下は、手塚から受け取って、抱いてみた。重さも同じくらいだろう。

だから、十津川は、お前ひとりで行って来いと、いったのだ。

「吉井みゆきさんは、海辺で、殺されたそうですね？」

と、日下は、仔猫を、返してから、手塚に、きいた。

「そうなんですよ。裏が海になっていましてね。庭下駄《にわげた》をはいて、散歩に出られるようになっているんです。今頃は、風が冷たいので、夜、散歩に出られるお客様は、めったにないんですが、吉井さんは、なぜか、夜、散歩に出られたんですねえ。朝になって、背中を刺されて、亡くなっているのが、見つかったんですよ。びっくりしましたね」

と、手塚は、いった。

「背中を刺されたんですか」

「ええ。めった刺しで、県警の刑事さんは、こりゃあ、怨恨《えんこん》だなって、いっていましたよ」

「なるほど。怨恨ですか」

「ええ。丹前姿で、何も持たずに、散歩に出られたと思いますからねえ。物盗《ものと》りとは、思えません」

と、手塚は、刑事みたいないい方をした。

「彼女は、その猫のことで、何かいっていませんでしたか？」

「ひとり暮らしなので、置いておけずに、連れて来たと、おっしゃっていましたよ」

「買ったのか、貰ったのかということは、話していませんでしたか？」

「そういうお話はしませんでしたね。名前は、確か、コーヒーの何とか、いっていましたね」

「コーヒー？」

「コーヒーの種類に、いろいろあるでしょう？」

「キリマンジャロとか、ですか？」

「そんなとこです。何といったかなあ、モコとか――」

「モカ？」

と、日下が、きくと、手塚は、ニッコリ笑って、

「そうです。そのモカですよ。私は、あまりコーヒーが好きじゃないので、よくわからないんですが、あの方は、自分が、コーヒー好きなので、そういう名前を、つけたんだと、いっていましたね」

「猫の名前に、コーヒーのモカですか」

「ええ。モカちゃん、モカちゃんと、呼んでいました」

と、手塚は、いった。

妙な名前をつけたものだなと、日下は、思ったが、それは、飼い主の好きずきだろうとも思った。

有名人で、犬に、ネコという名前をつけている人がいると、週刊誌で、読んだことがある。

普通、アビシニアンなら、エジプト産ということで、メスなら、クレオパトラ、オスは、シーザーといった、名前をつけるらしいが、吉井みゆきのように、自分の好きなコーヒーの名前をつける人もいるのかも知れない。

普通の場合なら、ほほえましいで、すませるのだが、これは、殺人事件である。

日下は、自分の部屋に戻ってから、東京に電話を入れた。

「警部が、私を、ここに寄越《よこ》した理由が、わかりましたよ」

と、日下は、十津川に、いった。

「やはり、猫は、アビシニアンだったかね？」

と、十津川が、きく。

「そうでした。それに、他の仔猫と同じくらい、生後四ヵ月といったところです」

と、日下は、いった。

「顔も、似ていたかね？」

「似ていると、思いました。ところで、僕のところの猫ですが」

「安心したまえ。北条《ほうじょう》君が、餌をやりに行ったよ。元気だったそうだ」

「ありがとうございます」

「可愛いかね？」

「猫は、飼ったことがなかったんですが、飼ってみると、可愛くなりますね」

と、日下は、いった。

「それで、和倉で殺された女だが」

「運転免許証によると、吉井みゆきで、五十二歳。新宿のクラブ『みゆき』のママです」

「調べてみよう」

「彼女は、ここへ来てから、夜、海岸に出て行き、そこで、殺されています。呼び出されたのか、彼女の方から、会いに行ったのか、まだ、わかりませんが。これから、ここの警察へ行って、詳しい話を聞くつもりです」

と、日下は、いった。

4

日下は、ホテルの車で、和倉警察署まで、運んで貰《もら》った。

ここに、捜査本部が、設けられている。

日下は、事件を担当する日高《ひだか》という若い警部に、会った。

「あなたが来られることは、十津川さんから聞いていますよ。さっき、電話がありました」

と、日高は、いった。

「事件のことを、詳しく、聞かせて頂きたいんですが」

「死体は、すでに、解剖のために、金沢《かなざわ》の大学病院に運ばれているので、写真を、お見せしましょう」

日高は、何枚かの写真を、見せてくれた。

吉井みゆきは、ホテルの丹前姿で、殺されていた。

「被害者は、背中を、三ヵ所、刺されていました。ナイフは、まだ、見つかっていません。場所が、海岸で、波の音がやかましいせいか、悲鳴を聞いた者は、いませんね。三つの傷とも、かなり深いみたいですが、解剖の結果を待たないと、どれが、致命傷か、まだ、わかりません」

「犯人に呼び出されて、殺されたんですかね？」

と、日下は、きいた。

「それが、はっきりしないのです。というのは、彼女は、携帯電話を持って来ていましてね。犯人が、それにかけたとすると、電話の証拠は、残りませんからね。事実、あのホテルに入ってから、彼女は、ホテルの電話を、使っていませんし、外から、電話が、かかっても来ていないのです」

「なるほど。携帯電話ばやりですからね」

「彼女の所持品と、衣服などを、お見せしましょう」

と、日高は、いい、ホテルから、運んで来たものを、並べた。

高価なミンクのコート、イタリア製の服と、ハイヒール、シャネルのハンドバッグと、スーツケース。

日下は、ハンドバッグと、スーツケースの中身を、見させて貰った。

ハンドバッグの中には、手塚がいっていた運転免許証、クラブの名前の入った名刺、キーホルダー、化粧品、二十七万円の入った財布などが入っていた。

スーツケースの方には、着がえの洋服や下着などが入っている。

「スーツケースが、いやに、すかすかしていますね」

と、日下がいうと、日高は、笑って、

「あなたも、そう思われましたか」

「ええ。下着だけなら、もっと小さなバッグでも、よかったんじゃないかと思いますからね。かといって、土産品を入れるために、少し大き目のスーツケースを用意したとは思えません。今、大きな土産は、宅配便で、送れますから」

「われわれの間でも、スーツケースのすき間に、いったい何が入っていたかが、議論になったんです。しかし、わかりません」

と、日高は、いった。

「このスーツケースは、数字錠がついていますね」

と、日下は、いった。

「ええ。それが、どうかしましたか？　このスーツケースを、部屋で見つけた時は、数字錠は、かかっていませんでしたから、別に意味はないと、思いましたがね」

「着がえの洋服や下着とか、タオルの入っているスーツケースに、数字錠がついているのは、少しばかり、大げさ過ぎると思ったんです。クラブのママさんなら、スーツケースとか、ボストンバッグみたいなものは、いくつも持っていると、思います。着がえなどだけを入れるんなら、もっと、華やかな、小さなバッグを使うんじゃありませんか。このスーツケースは、少しばかり、武骨で、着がえを入れるのには、ふさわしいとは思えない。普通、おしゃれな女性は、使わないでしょう」

と、日下は、いった。

「と、すると、日下さんは、すき間に、何を入れていたと、思われるんですか？」

「多分、金だと思います。札束です。それなら、こんな、数字錠のついた、不粋なスーツケースを持って来た理由が、わかりますね」

と、日下は、いった。

「金額は、どのくらいだと思います？」

「百万、二百万なら、ハンドバッグに入りますからね、少なくとも、五百万以上でしょう。このすき間から考えると、一千万円ぐらいじゃないかと思いますね」

日下は、その大きさを、手で作って見せた。

「一千万円の大きさを、よく知っていらっしゃいますね」

と、日高が、いう。

「誘拐事件の時、一千万円の札束が、どのくらいの大きさか、わかったんですよ」

と、日下は、いった。

「もし、このスーツケースに、一千万円が入っていたとすると、それが失くなっているわけだから、誰かに、渡したことになる。つまり、犯人にです」

「十分に考えられますね」

「しかし、犯人は、一千万円受け取ったのに、なぜ、吉井みゆきを殺したのかという疑問が、わいて来ますね」

と、日高は、いった。

「そうですね。なぜかは、わからないですね」

と、日下は、いった。

「電話で、十津川さんにいったんですが、この事件は、東京の事件と、関係があるのかどうか。あるなら、合同捜査ということになりますがね」

と、日高は、最後に、いった。

それについては、日下は、何もいわなかった。その返事は、十津川が、するだろうと、思ったからである。

5

翌日、日下は、もう一度、十津川に、電話をかけて、日高に会ってわかったことを、報告した。

「合同捜査は、やることに決まったよ。被害者が同じ東京の人間であること、仔猫《こねこ》のこと、それに、殺され方が、よく似ていることから、犯人が、同一人の可能性が高いからね」

と、十津川は、いった。

「被害者の吉井みゆきのことで、何かわかりましたか？」

と、日下は、きいた。

「彼女がやっていたクラブは、ホステスが、三十人はいる店だが、ここへ来て、経営は、思わしくなくなっている。バブルがはじけた影響だろうね。去年から、今年にかけて、何人ものホステスを、馘《くび》にしている。彼女は、かなりのやり手で、サギの前科がある」

「そうですか」

「金持ちの爺《じい》さんを、結婚話で欺《だま》して、金を巻きあげたんだ」

「五十二歳の女性が、結婚サギですか？」

「五十二歳だって、七十歳の老人にしてみれば、若いよ。それに、美人だ」

「そういえば、そうですね」

「現在、結婚はしていなくて、独身だ。一つ面白いことが、わかったよ」

「どんなことですか？」

「彼女は、コーヒーが、嫌いだ」

「本当ですか？」

「ああ、クラブのホステスや、マネージャーが証言しているし、彼女のマンションには、コーヒーセットが無い。お手伝いも、吉井みゆきが、コーヒーを飲むのを見たことがないと、いっているんだ」

と、十津川は、いった。

「しかし、彼女は、自分がコーヒーが好きなので、猫に、モカという名前をつけたと、ホテルの支配人にいっているんですが」

「だから、それは、嘘だよ」

「それなら、なぜ、自分の猫に、モカなんて名前をつけたんでしょう？」

「モカは、コーヒーとは、関係ないんだろう」

と、十津川は、いう。

「しかし、モカというと、コーヒーしか思い出しませんが」

「それから、彼女のマンションには、親猫はいなかったから、仔猫は、誰からか貰《もら》ったんだろうね」

と、十津川は、いった。

「私は、彼女が、大金を、この和倉に持って来たと思っているんですが、その点は、どうですか？」

と、日下は、きいた。

「君の考えは、正しいと、思うね。彼女の銀行預金を調べてみたが、預金は、六千万あまりあったが、彼女が、和倉に行く前日に、その中から、一千万円おろしているんだよ。

だから、一千万、そちらに、持って行ったと、見ていいんじゃないかね」

「やはり、そうですか」

「このことは、石川県警の日高警部にも、伝えておいたよ。彼は、こういっていたね。犯人が、もし、一千万円を要求していたのなら、なぜ、その要求に応じたのに、殺されたのかとね」

　と、十津川は、いった。

「日高警部は、私にも、同じ疑問を、ぶつけて来ましたよ。私は、わからないと、いっておきましたが」

「犯人は、最初から、金を取り上げたあと、吉井みゆきを殺す気だったのかも知れない。凶器のナイフを持って、彼女に会っているわけだからね」

　と、十津川は、いった。

「そうですね」

「他にも、考え方はある」

「どんな考え方ですか？」

「彼女が、和倉へ一千万円を持って行って、それを渡したいと思っていた人間と、犯人は、別人だという考えだよ」

　と、十津川は、いった。

「なるほど。あり得ますね」

「だが、単なる想像だ。君は、もう少し、そちらにいて、調べてくれ。一番知りたいのは、吉井みゆきが、和倉で、誰に会うつもりだったのかということだ」

「わかりました。東京で殺された森けい子と、今度の吉井みゆきとは、関係があるんでしょうか？　つながりは、わかりましたか？」

と、日下は、きいた。

「まだわからないが、森けい子は、コンパニオン。そして、吉井みゆきは、クラブのママだ。どこかで、つながっていそうだよ」

と、十津川は、いってから、

「それに、アビシニアンの仔猫だ」

と、つけ加えた。

日下は、電話をすませると、手塚支配人のところに行き、もう一度、吉井みゆきの猫を見せて貰った。

「刑事さんも、猫が、お好きなんですね」

と、手塚は、ニコニコしながら、いった。

「丁度、このくらいの、同じアビシニアンの仔猫を、飼っているんですよ」

と、日下は、いった。

「なるほど。それでですか」

「ところが、猫のことは、よく知らないんですよ。何しろ、貰ったもので」

「仔猫から飼えば、嫌でも、猫のことに詳しくなりますよ」

「それで、お聞きしますが、猫って、一回に、何匹ぐらいの子供を、生むものですか？」

と、日下は、きいた。

「そうですね。普通は、四、五匹じゃないですか？」

「三匹というのは？」

「ちょっと、少ないですね。まあ、一匹か二匹が、死んで生まれるということもありますが」

と、手塚は、いった。

日下は、今までに見たアビシニアンの仔猫の数を考えてみた。

吉井みゆきが一匹、森けい子が一匹、黒川敬が一匹、そして、日下が飼っているのが一匹で、合計四匹である。

この四匹は、同じ親から生まれた仔猫ではないのかと、日下は、ふと思った。なぜか、そんな気がしたのだ。

ただ、そうだとしても、今度の事件と、どう関係しているのかが、わからない。

日下が、自分の部屋に戻ると、待っていたように、十津川から、電話が、かかった。

「すぐ、東京に戻って来い」

と、十津川が、いう。

「何かあったんですか？」

「それは、会って話すよ。それから、帰る時、吉井みゆきの猫を、連れて来てくれ」

と、十津川は、いった。

「あの猫が、何か、今度の事件に、関係があるんですか？」

「それも、会って、話すよ」

と、十津川は、いった。

日下は、わけがわからなかったが、手塚支配人にいって、モカという仔猫を預かり、東京に、その日の中《うち》に、戻った。

捜査本部に、着くと、十津川は、その仔猫を見て、

「これが、問題のモカ君か」

と、眼を細めた。

「メスですから、モカ嬢です」

と、日下は、いった。

「可愛い猫だね」

「この猫が、どうかしたんですか？」

と、日下は、ずっと、聞きたいと思って、持ってきた疑問を、十津川に、ぶつけた。

「吉井みゆきのところに、お手伝いがいたと、いったろう？」

「はい。彼女のコーヒー嫌いを、証言してくれたお手伝いでしたね」

「名前は、小川愛子《おがわあいこ》で、六十歳。吉井みゆきのところで、五年間働いて来たんだ」

「はい」

「吉井みゆきは、いろいろと、よくない噂がある女だが、このお手伝いは、信頼していたらしいし、小川愛子も、彼女に、よくつくしていたようだ。小川愛子は、最初、口が重くて、あまり、吉井みゆきのことを話してくれなかったんだが、今日になって、やっと、話してくれるようになったんだよ」

「どんなことを、話してくれたんですか？」

と、日下は、きいた。

「吉井みゆきは、アビシニアンのメスを飼っていた。大人のメスだ。小川愛子が、子供を生まないままに死ぬのは、可哀そうですねといったら、血統書つきのアビシニアンのオスを、借りて来て、種付けして貰った。うまく妊娠して、三匹の子供を生んだ」

「三匹ですか」

「そうだ。その直後に、母猫が、死んでしまった。吉井みゆきは、とても可愛がっていたので、お坊さんを呼んで、盛大な葬式をあげたということだ」

「仔猫《こねこ》は、どうしたんですか？　吉井みゆきは、この仔猫一匹しか持っていませんでしたが」

「お手伝いの愛子の話では、自分が信頼している二人の人間に、一匹ずつ贈って、一匹だけは、自分で飼うと、いっていたそうだよ」

「その二人というのは、どういう人なんですか？」

「愛子は、それは、知らないと、いっている」

「しかし、仔猫のことが、なぜ、大事なんですか？　警部は、わざわざ、この仔猫を、持ってこいと、いわれましたが」

と、日下は、きいた。

「これから、吉井みゆきの顧問弁護士に会いに行く。一緒に来たまえ。その人が、君の質問への答えを教えてくれるよ」

と、十津川は、いった。

6

十津川が、日下を連れて行ったのは、四谷《よつや》にある法律事務所だった。

そこで、竹下《たけした》という弁護士に、会った。

十津川は、竹下に向かって、

「今日、電話で教えて下さったことは、本当ですか？」

と、きく。

「もちろん、本当のことですよ。お見せします」

と、竹下はいい、奥の金庫から、一通の封書を取り出して来た。

「これが、吉井みゆきさんの遺言状です」

と、竹下は、いった。

「彼女は、まだ、五十二歳でしょう？　それでも、こんな遺言状を、作っていたんですか？」

と、十津川が、きいた。

「吉井みゆきさんは、他人には黙っていたようですが、生まれつき、高血圧で、心臓も弱かったみたいで、いつ、ぽっくりいくかわからないと、私に、いったことがあります。それで、遺言状を、作っていたんだと思います。その内容が、お電話したように、一風、変わったものでしてね」

と、竹下は、いった。

「読んで下さい」

と、十津川は、いった。

竹下は、封筒の中身を取り出して、広げて、

「私、吉井みゆきは、次の通り、遺言する。私が、亡くなった場合、私の全財産を、私の可愛い仔猫を貰《もら》ってくれ、大切に育ててくれている三人に、与える。これが、遺言です」

「彼女に、家族はいないんですか？」

と、十津川が、きいた。

「いらっしゃいませんから、この遺言どおり、みゆきさんから、仔猫を貰って、育てて

いる人たちに、遺産は、行くことになると思いますね」

「彼女の遺産は、全部で、どのくらいあるんですか？　預金は、五千万ほどだということは、わかっていますが」

と、十津川は、きいた。

「四谷のマンションは、バブルがはじけた今も、駐車場つきですから、二億円以上はすると思いますね。その他、新宿の店など、全部で七、八億円にはなると、思っています」

「遺言は、厳格に、実行されるわけですね？」

「そうです。それが、吉井みゆきさんの遺志ですから」

「遺言状には、『大切に育ててくれている』と、ありますね。そうなると、死なせてしまった人は、遺産を貰う権利は、失くなりますね？」

と、十津川は、きいた。

「その通りです。私は、この遺言状の作成に立ち会っていますが、もし、私のあげた猫を、死なせてしまうような人には、財産は、あげたくないと、いっていました」

と、竹下は、いった。

「仔猫を貰った三人は、この遺言状のことは、知っているんでしょうか？」

と、十津川は、きいた。

「知っている筈《はず》です。みゆきさんは、知らせておけば、私のあげた仔猫を、きっと、大切にしてくれるからと、いっておられましたから」

「それで、この三人は、連絡して来ましたか？」

「いや、まだです。みゆきさんが、こんな死に方をしたので、すぐには、連絡しにくいんでしょう。或《あ》るいは、自分が、殺したと、疑われたくないのかも知れませんね」

と、竹下は、いった。

「この三人の名前を、竹下さんは、ご存知ですか？」

と、十津川は、きいた。

「いや、知りません。みゆきさんは、教えてくれませんでしたから」

「それでは、誰が、正当な遺産の受取人か、わからないんじゃありませんか？」

と、十津川が、危ぶむと、竹下は、笑って、

「大丈夫です。これを、みゆきさんから、預かっています」

と、いい、仔猫のポラロイド写真を、持ってきて、見せてくれた。

一枚には、母猫のお乳を吸っている四匹の仔猫が、写っていた。

あとの四枚には、その仔猫が、少し成長してからの姿が、一匹ずつ、写っていた。

「生まれてから丁度一月たって、一匹ずつ、ポラロイドで、撮ったそうです。そのあと、一匹を、みゆきさん自身で育て、あとの三匹を、三人に、あげた。従って、この写真と同じ猫を持って来た人が、遺言状に書かれた三人ということになります」

と、竹下は、いった。

7

法律事務所を出たところで、日下は、十津川に、

「なぜ、あのことを、竹下弁護士に、質問されなかったんですか？」

と、いった。

「三人ということかね？」

と、十津川は、きき返した。

「そうです。お手伝いは、生まれたのが、三匹で、その二匹を、あげたと、いっているわけでしょう。数が、違っていますよ」

「多分、あのお手伝いが、嘘をついたんだろう」

と、十津川は、いった。

「なぜ、そんな嘘をついたんですかね？　死んだ吉井みゆきが、信頼していたお手伝いなんでしょう？」

「私も、不可解なのさ。だから、会って、理由を、聞いてみたいんだよ」

と、十津川は、いった。

パトカーに乗り込むと、日下は、ハンドルを握って、

「場所は、何処ですか？」

「住所は、阿佐谷《あさがや》×丁目のマンションだ。コーポ朝日５０５号」

「わかりました」

「道順は――」

「わかっています」

と、いって、日下は、アクセルを踏んだ。

夜半に近くなっていて、スピードをあげることが出来た。

三十分ほどで、コーポ朝日の前に着いた。

「ここです」

と、日下は、車を止めて、いった。

「よく迷わずに来たね。君は、このマンションを知っていたのか？」

と、十津川が、きく。

「隣りが、私の住んでいるマンションなんです。同じ町内というわけです」

と、日下は、いった。

「そうか」

と、十津川は、笑い、先に立って、エレベーターに乗り、五階に向かった。

５０５号室の前に立って、十津川が、インターホンを鳴らした。

が、応答はない。十津川が、ドアをノックしていると、隣りのドアが開いて、中年の女が顔を出した。

不機嫌な顔で、

「小川さんなら、いませんよ」

と、いう。

「留守ですか」

「故郷《くに》へお帰りになったんですよ」

「私は、今日、話をしたんですがねえ」

と、十津川が、いうと、

「夕方になって、急に、故郷へ帰ることになったといって、引っ越して、行かれたんですよ」

「故郷は、何処ですか？」

「東北だと聞きましたけど、詳しいことは、知りませんわ」

「引っ越すとき、何かいっていませんでしたか？」

と、きくと、隣りの女は、

「何も聞いていませんわ」

と、相変わらず、不機嫌にいい、ドアを閉めてしまった。

「参ったな」

と、十津川は、呟《つぶや》いた。

「管理人に、聞いて来ましょう」

と、日下がいうと、十津川は、手を振って、

「もういないよ。ここの管理人は、通いで、五時には、帰ってしまうそうだから。とにかく、捜査本部に、戻ろう」

と、十津川は、いった。

日下が、再び、運転して、捜査本部に戻ると、亀井《かめい》が、ひとりで、待っていた。

「カメさんは、帰らなかったのか？」

と、十津川が、声をかけると、

「モカ嬢が、心配でしたからね」

と、笑った。

そのモカ嬢は、石油ストーブの前で、丸くなって、眠っている。

「そいつのきょうだいは、大変な財産家だよ」

と、十津川は、いった。

「弁護士のいったことは、本当だったんですか？」

と、亀井が、きく。

「ああ、遺言状を見せて貰《もら》ってきた。ちゃんと、書いてあったよ」

と、十津川は、いったあと、竹下弁護士に、コピーして貰った遺言状を、亀井に見せた。

亀井は、眼を通したあと、溜息《ためいき》をついて、

「このために、吉井みゆきは、和倉で、殺されてしまったということですか」

「そうだろうね」

「犯人は、三匹の仔猫《こねこ》を貰った三人の中のひとりでしょうね？」

「彼女が死ねば、全財産の三分の一が、貰えるわけだからね」

と、十津川は、いった。

「その三人の名前がわからないのが、痛いですね」

と、亀井が、口惜《くや》しがると、十津川は、

「大丈夫だよ。三人は、遺産を貰おうと思って、仔猫を抱いて、名乗り出てくるさ」

と、いった。

日下は、モカの傍に、屈《かが》み込んで、その寝顔を、のぞき込んだ。

(同じ顔をしてやがる)

と、思った。

日下が、今、飼っている仔猫とである。同じ大きさだ。それに、同じ恰好《かっこう》で、丸まっている。

(ひょっとすると、あいつと、このモカは、きょうだいかも知れないな)

と、思った。

十津川が、彼の背後から、のぞき込んだ。

「君が飼っているアビシニアンも、このくらいの大きさかね？」

と、十津川が、小声で、きいた。

「はい」

「君のマンションに放り込まれたとき、生後一ヵ月くらいだったんだろう？」

「そうです」

「竹下弁護士が、いっていたね。吉井みゆきは、生まれて一ヵ月目に、ポラロイドで、写真を撮り、そのあと、三人に、貰ってもらったとね。君の仔猫が郵便受けに入っていた時期と符合する」

　と、十津川は、いった。

「そうなんですが、飼っていれば、大金が手に入る、金の卵を生むニワトリです。そんな大事な仔猫を、関係のない私のマンションに、放り込んだりはしないでしょう？」

「そりゃあ、そうだな」

　と、十津川は、肯《うなず》いた。

「ラーメンを作りました。食べませんか？」

　と、亀井が、声をかけてきた。

8

　二日後の午後、竹下弁護士から、電話が入った。

「今、例の遺産相続人が、事務所に来ています」

　と、竹下は、いった。

「何人ですか？」

と、十津川は、きいた。

「二人です」

「仔猫は？」

「ひとりは、連れて来ましたが、もうひとりは、手ぶらですね」

「すぐ行きますから、待たせておいて下さい」

と、十津川はいい、日下を連れて、四谷に急行した。

事務所に入って行くと、竹下が迎えて、

「応接室に、待って貰っています」

と、告げた。

十津川と、日下が、応接室のドアを開けると、中にいた二人の男が、一斉に、振り向いた。

「おやおや」

と、十津川が、苦笑して、

「あなた方でしたか」

と、いった。

ひとりは、殺されたコンパニオン森けい子のパトロンだった大西であり、もうひとりは、彼女の恋人の黒川だった。

黒川は、膝《ひざ》の上に、アビシニアンの仔猫を抱いていた。

十津川は、二人の前に、どっかりと、腰を下ろした。

「それでは、吉井みゆきさんとの関係を、話して頂きましょうか」

と、声をかけた。

大西は、むっとした顔になって、

「そんなプライベイトなことを、なぜ、警察に、いわなければ、ならんのですかね」

「吉井みゆきさんが、殺されたからですよ」

と、十津川は、いった。

大西は、小さく首をすくめてから、

「私は、よく、彼女の店へ行っていた。常連客だったんだ。景気のいい時には、経済的な援助もしたよ。それは、あの店のマネージャーに聞いて貰えばわかる」

「それで、彼女から、アビシニアンの仔猫を貰ったわけですか？」

「そうです。大事に育ててくれと、いわれましたよ」

「それだけじゃないでしょう。大事に育ててくれたら、自分が死んだ時、遺産を分けるとも、彼女は、いったんでしょう？」

「そんなことをいわれたかも知れない。よく覚えていないんですよ」

と、大西は、いった。

「その猫は、どうしました？　今、いないんでしょう？」

と、日下が、きいた。

「大事に育てていたんですが、死んでしまったんですよ。嘘じゃない。彼女の名前をとって、みゆきと名前をつけて、大切に育てていたんだが、一月の寒さで、カゼをひき、あわてて医者に運んだんだが、死んでしまったんです。お墓も建てましたよ」

と、大西は、必死の表情で、いった。

「次は、あなたに聞きましょう」

十津川は、黒川に、眼を向けた。

「僕の何を？」

と、黒川は、きき返した。

「吉井みゆきさんとの関係ですよ」

「ああ、そのことね。ちょっと、いいにくいな」

「いって貰わないと、困りますよ」

「僕は、彼女の恋人だったんですよ」

と、黒川は、いう。

「あなたには、森けい子という恋人が、いたんじゃないんですか？」

「あれは、単なる遊び相手ですよ」

「じゃあ、吉井みゆきは？」

と、十津川が、きいた。

「どういったらいいかな。あのママの若い恋人といったらいいのかな」

と、いって、黒川は、ニヤッと、笑った。

「若い恋人？」

「ええ。自分でいうのも照れますがねえ。ママは、本気で、僕に惚《ほ》れて、大事にしてくれましたよ。僕の方も、甘えてましたがね。いろいろと、買って貰ったけど、一番嬉《うれ》しかったのは、この仔猫を貰ったときでしたね」

黒川は、しゃあしゃあとした顔で、いった。

「金の卵を手に入れたんだから、嬉しかったのも、無理もありませんね」

と、十津川が、皮肉を込めて、いった。

黒川は、一瞬、むっとした表情を作ったが、

「嘘だと思うんなら、この猫を調べて下さいよ。ママに貰った猫に間違いないんだから」

と、いった。

「別に、それを、疑っているわけじゃありませんよ」

と、十津川は、軽く、いなしてから、

「お二人のどちらでもいいですから、殺された森けい子さんと、吉井みゆきさんの関係を話してくれませんか？」

と、大西と、黒川を見比べた。

「僕は、何も知らないな」

と、黒川は、いった。

「あなたは、どうです？」

と、十津川は、大西を見た。

「確か、けい子は、コンパニオンになる前、みゆきの店で、働いていたことがあったんですよ。コンパニオンになってからも、あの店のホステスが、急に休んでしまった時なんかに、ママに頼まれて、手伝いに行ってたみたいですね。ママには、信用されていたみたいに、いっていましたがね」

と、大西は、いった。

「すると、彼女も、アビシニアンの仔猫《こねこ》を飼っていましたが、この猫も、吉井みゆきさんに貰《もら》ったものかも知れませんね。黒川さんは、彼女から、そんなことを、聞いたことは、ありませんか？」

と、十津川が、きいた。

「聞いていませんね」

と、黒川が、そっけなくいった。

そんな黒川に向かって、日下は、

「私が、西本刑事と一緒に、あなたに会ったとき、その仔猫について、こういわれましたね。この仔猫は、森けい子さんが、買って来てくれたんだと。吉井みゆきさんに貰ったとは、いいませんでしたよ。これは、どういうことですか？」

と、きいた。

黒川は、小さく笑って、

「あれですか。僕は、ママのツバメみたいなものですからね。それを知られるのが嫌で、嘘をついたんですよ」

と、いった。

「吉井みゆきさんとの関係を知られるのが嫌だったということですか？」

「そうです。一応、独身を売り物にしていますからね」

と、黒川は、いった。

（勝手なことをいいやがって）

と、日下は、思ったが、黙っていた。森けい子殺しで、日下は、まだ、この男を、疑っている。

十津川と、日下が、応接室から出ると、竹下弁護士が、

「どうでした？」

と、声をかけてきた。

「二人とも、吉井みゆきさんと親しくて、仔猫を貰ったといっていますが、本当のところは、わかりませんね。こちらで、調べてみますが」

と、十津川は、いった。

「大西さんの方は、肝心の猫がいませんから、遺産は、遠慮して頂くことになります。黒川さんの方は、猫がいますのでね。要求されれば、考えざるを得ません」

「しかし、あの仔猫が、果たして、吉井みゆきさんが、分けた猫かどうか、わからないでしょう？」

と、日下が、いった。

「その点ですが、吉井さんの撮った四匹の猫の写真がありますからね。実は、猫、特にアビシニアンに詳しい人を、呼んであるんです。その人に、見て貰おうと、思いましてね」

と、竹下が、いう。日下は、

「その人を、紹介して下さい」

と、いった。

「どうするんだ？　君の飼ってる猫を見て貰うのか？」

と、十津川が、きいた。

「それより、殺された森けい子の猫を見て貰いたいんです。吉井みゆきに貰ったアビシニアンの可能性がありますから」

「そうか。それなら、君は、ここへ残れ。私は、先に帰って、大西と、黒川のことを調べてみる。特に、吉井みゆきとの関係をね」

と、十津川は、いい、先に帰って行った。

9

十五、六分して、安田《やすだ》という、猫に詳しい男が、姿を見せた。猫博士といわれ、猫についての本を、何冊も出しているという。何となく、猫を思わせる顔をしていた。
安田は、黒川の仔猫と、四枚のポラロイド写真を、丹念に比べて見ていたが、

「間違いありませんね。これと、同じアビシニアンです」

と、四枚の中の一枚の写真を、指さした。

黒川が、ほっとした顔になっていた。

日下は、安田に話して、森けい子の猫を見て貰うことにした。

今、その猫は、けい子が住んでいたマンションの管理人夫婦が、預かっていた。

安田は、残りの三枚の写真を持って、同行してくれたのだが、管理人室で、仔猫を見ると、その写真を、出すまでもなく、

「これは、違いますね」

と、あっさりいった。

「しかし、似ていますが」

と、日下が、いったが、

「向こうのアビシニアンは、両親が、血統書つきだっただけに、純粋種の良さも、悪さも持っています。品の良さと、弱さといったらいいですかね。ところが、この仔猫は、

逞《たくま》しさがあっても品が無い。デパートなどで、安く売っている猫だと思いますよ」

と、安田は、いった。

素人の日下には、同じような、アビシニアンの仔猫に見えるのだが、専門家が見ると、ずいぶん、違うらしい。

「実は、もう一匹、見て頂きたいんです」

と、日下は、いい、今度は、安田を、自分のマンションに連れて行った。

妙なことから、飼うことになったアビシニアンの仔猫を、見て貰いたかったのだ。

マンションに帰ると、ポストと名付けた猫は、飛びついてきた。よく見ると、エサが、なくなっているのだ。

日下が、あわてて、皿に、柔らかいカツオのエサを、やると、もう、日下に見向きもせずに、夢中になって、食べている。

「あまり、可愛がっていらっしゃらないみたいですね」

と、安田は、眉《まゆ》をひそめて、いった。

「そんなことはないんですが、何しろ、仕事が忙しくて、帰りが遅くなったりするもんですから」

「刑事さんだから、仕方がないでしょうが、一度、医者に診せて下さい」

「どこか、悪いんですか？」

「エサを食べながら、時々、耳を掻《か》く仕草をしているでしょう。多分、ダニがついているんだと思います。純粋な猫ほど、抵抗力がなくて、ダニに弱いですからね」

「わかりました」

「さて、見ましょうか」

と、安田は、エサを食べ終わったポストを、抱きあげた。

「由緒正しいとは、思いませんが」

「いや、いい猫ですよ」

と、安田はいい、ポラロイド写真を出して、比べていたが、

「間違いないな。この猫です」

と、一枚の写真を、日下に、示した。

「それ、本当に、間違いありませんね？」

日下は、念を押した。

「間違いありませんよ。血統書つきのアビシニアンだから、もう少し、大切にして下さいよ」

と、安田は、また、お説教をした。

礼をいい、タクシーを呼んで、安田を帰したあと、日下は、改めて、ポストを眺めた。

お腹が一杯になって、満足したのか、電気ゴタツの上に、寝そべって、眼を細めて、日下を見ている。

（こいつが、吉井みゆきのところで生まれた四匹の中の一匹か）

意外だったような気もするし、意外でなかったような気もする。

吉井みゆきのところのお手伝い、小川愛子の住所が、日下のマンションの傍と知ったときから、何となく、そんな気がしていたのだ。

（お前は、大金を相続する金の卵なんだぞ）

と、日下は、ポストの鼻の頭を、指先で、突《つつ》いたが、相手は、うるさそうに、身体をちょっとずらしただけだった。

10

翌日、日下は、捜査本部に出ると、十津川に、猫について、報告した。

「それは、面白いな」

と、十津川は、微笑して、

「そうなると、君は、億万長者か」

「偉いのは、私じゃなくて、猫の方です」

と、日下は、まじめに、いってから、

「大西と、黒川の方は、どうですか？」

と、きいた。

「大西と、吉井みゆきが、関係があったことは、事実だよ。店のマネージャーやホステスが、証言している」

「猫の件は、どうなんですか？」

「大西の家族は、アビシニアンの仔猫《こねこ》がいたというが、これは、口裏を合わせているのかも知れない。それで、近くの犬猫病院で、聞いてみたんだ。そうすると、去年の暮れに、大西が、自分で、アビシニアンの仔猫を、連れて来たといっている。その時、生後一ヵ月くらいで、大事な人に貰《もら》ったと、いっていたそうだ」

と、十津川は、いう。

「猫のことは、本当だったんですね」

「その後、何回か、診ていたが、今年の一月の末に、夜おそく駆け込んで来て、診たところ、仔猫は、肺炎にかかっていたというんだ。手当てをしたが、手おくれで、死んでしまった。大西は、盛大に葬式をあげて、K寺に、お墓を作っている」

「黒川の方は、どうですか？」

「こちらは、よくわからないんだよ。店の方では、藤代良《ふじしろりょう》の頃は、二、三回見かけたが、黒川になってからは、見かけないと、いってるんだ」

「そうでしたね。彼は、芸名を、変えていたんだ」

「私は、芸能界のことに詳しくないんだが、彼は、今年の正月に、女性のことで問題を起こし、心機一転ということで、藤代良から、黒川に、芸名を変えているんだ」

「確か、結婚サギで、訴えられたんです。何とか、示談にしたが、人気が落ちた。それで、芸名を変えたんです」

と、日下は、いった。

「それで、あの店には、あまり行っていないんだ。黒川本人に、電話で聞いてみると、吉井みゆきが、自分との関係が、バレるのが嫌だというので、彼女の店に行くのを、遠慮していたんだと、いっている。自分と、彼女が、惚《ほ》れ合っていた証拠に、彼女から、例のアビシニアンを貰ったとも、いっているんだよ」

「専門家が、黒川の猫は、間違いなく、四匹の中の一匹だと、いっています」

「それなら、当然、吉井みゆきの遺産を、貰えるわけだがねえ」

「警部は、反対なんですか？」

「いや、彼の権利は、認めるよ。ただ、何となく、信用できない男という感じがしてねえ」

と、十津川は、いった。

昼すぎに、竹下弁護士が、捜査本部を、訪ねてきた。

「警察で、黒川さんを、どう見ているか、それを伺いたくて、来たんです」

と、竹下は、いった。

「森けい子さんと、吉井みゆきさんが殺された二つの事件で、われわれとしては、その関係者として、黒川さんを調べたことがあります」

と、十津川は、いった。

「それで、どうなったんですか？」

「アリバイは、ありました」

「それなら、問題はないわけですね？」

「そうですが、彼が、誰かに、二つの殺しを頼んだということも考えられるのです。今年の一月に、女性と問題を起こしたとき、元暴力団員の男に頼んで、相手を脅して、マスコミに、叩《たた》かれ、あわてて金を払って、示談にしていますからね」

「なるほど。そのあと、芸名を変えたんでしたね」

「黒川さんが、吉井みゆきさんの遺産を要求して来ているんですか？」

「そうです。至急、払って欲しいと、今日も、電話して来ています」

「しかし、不動産の処分には、時間がかかるんじゃありませんか？」

と、十津川は、きいた。

「預金が、五千万あるんです。それを、まず欲しいといわれているんですよ。何だか、金に困っている感じでしてね。大西さんは、肝心の猫が死んでしまっていますし、今のところ、他に、受け取るべき人がいないので、払うべきかなと思いましてね。警察が、問題なしといわれるのなら、すぐにでも、五千万を、黒川さんに、渡そうと、思っています」

「返事は、いつすることになっているんですか？」

と、十津川は、きいた。

「明日中には、黒川さんに、返事をすることになっています」

と、いって、竹下弁護士は、帰って行った。

そのあと、十津川は、刑事たちを集めた。

「このままでいくと、黒川に、五千万円が支払われてしまう。私はね、彼を、まだ疑っているんだ。だが、彼が、二つの殺人事件に関係しているという証拠はない。五千万を手にしたら、彼は、さっさと、海外へ行ってしまうかも知れない。今日、明日中に、何が出来るか、考えて貰いたいんだよ」

と、十津川は、いった。

「動機は、どうなんですかね。吉井みゆき殺しについては、彼女を殺せば、遺産の分け前が、手に入る。しかし、森けい子との仲は、もう冷え込んでいたと聞いています。そうなると、殺す動機がありませんね」

と、亀井は、いった。

「そうすると、カメさんは、黒川シロか？」

「いえ、そうじゃありません。森けい子殺しについて、本当の動機が見つかればと、思っているんです」

と、亀井は、いってから、急に険しい顔になって、

「おい、日下！　みんなで、真剣に考えている時に、何を、ぼけっとしてるんだ！」

と、怒鳴った。

名指しをされた日下は、顔をあげて、

「は？」

と、亀井を、見た。

「カメさんは、君が、何をいったい考えているんだと、いってるんだよ」

と、十津川が、いった。

「そうですか。私は、あいつのことを、考えていたんです」

と、日下は、部屋の隅の段ボールに入っている仔猫を、指さした。

「吉井みゆきの猫が、どうかしたのか？　われわれが、今、問題にしているのは、黒川のことなんだぞ」

と、亀井が、強い声で、いった。それを、取りなすように、十津川が、

「彼が、何を考えてるのか、聞いてみようじゃないか」

と、いった。

日下は、指名された形で、小さく咳払《せきばら》いを一つしてから、

「私は、ずっと、あの猫が、なぜ、モカという名前なのか、考えていたんです。吉井みゆきは、コーヒーが好きだから、名付けたといっていたが、本当は、コーヒーは、嫌いだった。彼女は、何かわけがあって、モカという名前を、つけていたんだと思うのです」

「そんなことは、わかってるんだ。だが、なぜ、モカなのかわからないし、事件との関係も、わからないんだよ」

と、亀井は、いった。

「もう一つ、わからなかったのは、吉井みゆきが、三匹の仔猫を渡した人間の名前を、何処にも書き残していないことでした。自分が死んだ場合には、全財産を、その三人に分けるというのにです。遺言状にも、書いてありません。とすると、どこかに、書き残しているんじゃないかと、私は、考えました」

と、日下は、いった。

「彼女のマンションや、新宿の店を、いくら調べても、そんなメモは、見つからなかったよ」

と、亀井が、いった。

「私は、そのメモが、あの猫じゃないかと、思ったんです」

と、日下は、いった。

「モカか？」

と、十津川が、きいた。

「そうです」

「よく説明したまえ」

「モカは、ローマ字で書けば、MOKAです。コーヒーでなければ、これでいいと思うんです。問題の猫は、四匹生まれています。ローマ字も四字です。つまり、MOKAは、その四匹を持つ人間の名前を示しているんじゃないか。それなら、別にメモに記しておく必要はないのではないか」

「続けたまえ」

　と、十津川が、いった。

「クラブのママだった吉井みゆきは、男は姓で呼び、女は、名の方で呼んでいたようですから、私も、その通りにしてみました。MOKAに、それを、当てはめてみたのです。Mは、多分、吉井みゆき自身です。彼女も、一匹持っていたわけですからね」

「みゆきのMか」

「そうです。Oは、大西です。男は、姓ですから」

「次のKは？」

「二通り考えられます。男なら姓ですから、黒川、女なら、名の方で、森けい子のけい子になります」

「最後のAは？　もう、関係者は、いないだろう？」

「います。愛子のAです。吉井みゆきのところのお手伝いの小川愛子ですよ。みゆきは、彼女を信用していたから、生まれたアビシニアンの一匹を、彼女にやったんだと思いますね」

　と、日下は、いった。

「その仔猫《こねこ》は？」

　と、亀井が、きく。

「今、私のところにいます」

「なぜ？」

「多分、こういうことだと思います。吉井みゆきは、三匹の仔猫を、三人にやり、自分が死んだら、財産は、その時、猫を大切に育ててくれていた人に贈るといいました。それを聞いて、小川愛子は、心配になったんだと思います。三人の中の誰かが、金欲しさに、恐しいことを考えるのではないかと、考えたんでしょう。と、いって、吉井みゆきに、そんなことはやめなさいとはいえないし、まだ、何も起きていないから、警察に何かしてくれともいえない。彼女のマンションの隣りのマンションに、私が住んでいます。愛子は、何かで、日下という刑事が、住んでいるのを知っていて、自分が貰《もら》った仔猫を、私の部屋の郵便受けに、放り込んだんです。刑事なら、おかしいと思い、いろいろ、調べてくれるんじゃないか。事件が起きれば、猫との関係を、調べてくれるんじゃないかと、考えたんだと思いますね」

「しかし、彼女は、故郷に帰ってしまったよ」

と、十津川は、いう。

「ええ。あれは、吉井みゆきが殺されてしまったので、がっかりして、もう、どうでもよくなってしまったのかも知れません」

と、日下は、いってから、

「そして、二月末になって、森けい子が、殺されました。彼女は、アビシニアンの仔猫を飼っていて、それが、私の注意を引きました」

「だが、彼女のアビシニアンは、吉井みゆきから貰ったアビシニアンじゃなかったんだろう？」

と、亀井が、いった。

「そうです」

「それなら、彼女は、ＭＯＫＡのＫではないことになるぞ」

と、亀井が、いった。

「私も、最初、そう考えました」

11

日下は、更に、続けた。

「そして、ＭＯＫＡのＫは、黒川かなと思いました。彼の飼っているアビシニアンが、吉井みゆきのアビシニアンだったということもありましたから。しかし、黒川は、今年になって、黒川と改名したのであって、去年までは、藤代良が、芸名だったわけです。そして、吉井みゆきが、四匹の仔猫の中、三匹を、三人に渡したのは、去年の暮れです。なぜなら、私の部屋に、あの仔猫が、放り込まれたのが、去年の暮れだからです」

「すると、その時、黒川は、まだ、藤代良だったわけだね」

と、十津川は、いった。

「そうなんです。藤代良では、ＭＯＫＡのどれにも、該当しません。とすれば、Ｋは、彼ではなく、森けい子のことになります」

「しかし、彼女の飼っている猫は、ニセモノだったんだろう？」

と、西本が、きいた。

「それが、森けい子が殺された理由だったんだよ」

と、日下は、いった。

「そうか。すりかえたか」

と、亀井が、いった。

「そうです。黒川は、けい子と、関係がありましたから、何かの拍子に、アビシニアンの仔猫のことを、聞いたんだと思いますね。金の卵の猫です。どこからか、同じくらいのアビシニアンの仔猫を買って来たが、見る人が見れば、すぐ、バレてしまう。絶対に、金の卵にするには、森けい子の猫と、すりかえなければならないんです」

「それで、森けい子を殺し、猫をすりかえたか」

「そうです。しかし、それだけでは、金は、入って来ません。吉井みゆきが、死ななければ、一円も入って来ないんです。金に困っていた黒川は、一刻も早く、吉井みゆきに、死んで貰いたかった。そこで、和倉温泉に、おびき出して、殺したわけです」

と、日下は、いった。

「なぜ、和倉温泉なんかに、連れ出したんだ？　都内で、殺しても、よかったんだろう？」

亀井が、きいた。

「理由は、二つあったと思います。一つは、離れた場所で、吉井みゆきを殺しておいて、自分のアリバイを、はっきりさせておく。もう一つは、そのためには、東京を離れさせなければなりませんが、彼女は、猫を可愛がっていて、猫を連れてでなければ、旅行に出なかったんだと思うのです。そんな時、黒川は、和倉のKホテルなら、ペット同伴で泊まれると、知ったんでしょう。そこなら、誘い出せると、計算したんだと思います」

と、日下は、いった。

「黒川は、誘い出しておいて、誰かに、彼女を殺させたということか」

と、亀井が、いった。

「そうです」

「誰にだ？」

「恐らく、黒川が、今年の一月に、女のことでもめたとき、元暴力団員に、相手を、脅かして貰っていますが、その男を、使ったんじゃないかと、思っています」

と、日下は、いった。

「吉井みゆきは、一千万円を持って、和倉へ行ったんだろう？　なぜ、そんな大金を、彼女は、持って行ったんだ？　しかも、それを、盗《と》られている」

と、亀井は、いった。

十津川が、それに対して、

「それは、私が、答えよう。黒川は、森けい子を殺している。その時も、元暴力団員に、頼んだんだと思う。金を払ってね。その上、吉井みゆきの殺しを頼むとなると、また、金がいるが、彼に、そんなに金があるとは、思えない。それで、彼は、悪がしこく考えたんだ。殺す相手に、金を持って来させることをだよ。黒川は、吉井みゆきに、こういう。死んだ森けい子の猫を預かっている。和倉のKホテルに、金を持って来なければ、その猫を殺すとだよ。その金額は、一千万円。この一千万という金額は、元暴力団員が、要求した金額なんだろう。吉井みゆきは、きっと、森けい子が殺されてしまって、残された仔猫のことを心配していたんだろうね。それで、一千万持って、和倉のKホテルへ出かけたんだ」

「そうだとすると、吉井みゆきという女は、意外に、優しい心を持っていたのかも知れませんね。調べたときは、金に細かくて、嫌な女だという印象しかなかったんですが」

と、西本が、いった。

「どんな人間だって、大事なものは、大事なんだよ」

と、十津川は、いった。

12

翌日から、十津川は、忙しく動いた。

まず、竹下弁護士に電話をかけ、黒川への五千万は、止めておくように、頼んだ。

「何か、まずいことがありますか？」

と、竹下が、きく。

「黒川に、殺人の容疑が、生まれましてね。ただ、このことは、しばらく、伏せておいて下さい」

と、十津川は、いった。

次に、十津川は、西本と日下の二人に、問題の元暴力団員、町田要《まちだかなめ》、四十二歳を、連行してくるように、命じた。

二人は、深夜まで、町田のマンションに待ち受け、酔っ払って帰ったところを、捜査本部に、連行した。

最初、町田は、否定した。森けい子を殺したこともないし、吉井みゆきを殺したこともないし、和倉に行ったこともないと、主張した。

しかし、和倉で事件があった直後に、町田が、好きなホステスに、和倉温泉の土産と、シャネルのハンドバッグを買い与えたことがわかり、それを追及していくと、町田は、急に、崩れてしまった。

「男らしく、いさぎよくしたらどうだ」

と、亀井が、追い打ちをかけると、町田は、観念して、全てを、喋《しゃべ》った。

今年の一月、黒川が、女性と問題を起こして、訴えられた時、彼に頼まれて、彼女と、家族を、脅し、百万円貰ったこと。

二月になって、今度は、森けい子の殺しを頼まれた。この時は、五百万貰ったという。

次に、吉井みゆきの殺しを頼まれたが、一千万円を要求した。

ところが、黒川は、今、持ってないので、後で、払うという。

町田が、怒ると、二、三日してから、殺す相手に、一千万円持たせるから、殺して、取ってくれといった。

半信半疑で、和倉へ行ったが、黒川のいった通り、女が、一千万円の札束を持って、待ち合わせの海辺にやって来たので、びっくりしたと、町田はいった。

その一千万は、たちまち、バクチで、すってしまった。

「それで、黒川に、金を出せといってやったんですよ。あいつは、おれにとって、金蔓《かねづる》ですからね。そしたら、もう少しすれば、大金が入るから、待ってくれと、いわれましたよ」

と、町田は、いった。

十津川は、黒川に対する逮捕令状を請求し、竹下弁護士のところに、早く、五千万円を払って欲しいと押しかけていた黒川を、逮捕した。

小川愛子は、公判の時、検事側の証人として、出廷した。

彼女は、吉井みゆきの遺産は、要らないといい、みゆきが残した仔猫《こねこ》のモカを連れて、故郷の岩手に、帰って行った。

日下刑事も、もちろん、遺産は、貰《もら》わなかった。
ただ、アビシニアンのポストは、まだ、彼の部屋に居すわって、大きな顔をしている。

余部橋梁310メートルの死

1

国鉄の山陰本線は、京都から日本海沿いに走り、下関《しものせき》に近い幡生《はたぶ》まで、六百七十五・四キロである。

京都を出発したあと、しばらくは山間部を走るが、豊岡《とよおか》、竹野《たけの》を過ぎると日本海へ出る。

ここからは、絶えず海沿いに走るので、景色は素晴らしい。

その中でも、よく写真に出るのが、余部橋《あまるべきょうりょう》梁からの景観である。

豊岡から七つ目の鎧《よろい》駅と、次の餘部《あまるべ》駅の間にかかる鉄橋で、全長は三百十メートルと短いが、四十一メートルの高さにあるのと、単線のために、左右の眺めが素晴らしい。

日本海の海岸線が眼下まで迫り、深い入江になったところに余部の集落がある。その対比がいかにも絵画的だから、よく写真になるのだろう。

この余部橋梁は、明治四十二年に着工され、二年後の明治四十四年に完成した。使われた鋼材はアメリカ製である。コンクリートは使われず、鉄のやぐらを並べた上に線路を置いた感じの古い形が、また人気の一つなのかもしれない。

三月十七日。この余部橋梁で事件が起きた。

山陰地方の春はまだ遠い感じで、橋梁の下の余部の家々も、深い残雪を抱えていた。

日本海の海面も冬の暗さを残して、吹いてくる風は肌を刺すように冷たい。夜に入って月が出ていたが、青白い月明かりが一層寒い感じを与えていた。

午前二時三三分。

大阪発、大社《たいしゃ》行き急行「だいせん5号」が、余部橋梁に差しかかった。

荷物車一両、郵便荷物車一両、電源車一両、座席車三両、B寝台四両という変わった編成の列車である。

これを、赤いＤＤ51型ディーゼル機関車が牽引《けんいん》する。

列車は轟音《ごうおん》を残して、三百十メートルの余部橋梁を通過した。

この時刻、ほとんどの余部の人たちは眠っていたと思われるのだが、高校二年生の田《た》中敏夫《なかとしお》は、まだ起きていた。

二階の自分の部屋で、彼は友だちから借りたビデオを見ていた。最近、封切ったばかりの映画のビデオである。

石油ストーブをがんがん燃やしながら、一回、二回と見ていたので、部屋の中は三十度近い暑さになっていた。

彼は立ち上がって、カーテンを開けた。

外気との差があるので、窓ガラスに水滴が溜《た》まって、それが筋を作って流れ落ちている。

ガラス戸を、少し開けてみた。

冷たい風が、流れ込んでくる。

あわてて閉めかけながら、彼の眼は、自然に四十一メートルの高さのある橋梁に向かっていた。

鉄道マニアの彼は、小学生の頃から余部橋梁を渡る列車を見るのが、好きだったからである。

月明かりの中に、細い鉄骨を組み合わせた余部橋梁が見えた。

それと、通過する列車の音。

次の瞬間、彼の眼に、橋梁の上から何か黒いものが落下してくるのが見えた。

（あっ）

と、思ったときは、もう彼の視界から消えていた。

眼をこすったのは、今見たと思ったのは、ひょっとして錯覚ではなかったろうかと思ったからである。

列車の音も消え、いつもの静かな――といっても海の音だけは聞こえてくるのだが、余部の集落のたたずまいに戻ってしまっている。

暖かいときなら、確かめに家を飛び出すのだが、この寒さでは外に出る気になれなかった。

（朝になってから、見に行けばいい）

と、思い、彼は窓を閉め、布団にもぐり込んでしまった。

2

朝になって、彼は外の騒がしい話し声で、眼をさました。

カーテンの隙間から、朝の陽が射し込んでいる。

と、時計に眼をやってから、今日は日曜日だったんだと思い出して、敏夫はまた布団にもぐりかけた。

(何時だろう？)

だが、家の外の騒ぎはますます大きくなっていく。

そのうちに、パトカーのサイレンの音が聞こえてきた。

この余部では、珍しいことだった。

敏夫は気になってきて、起きあがると、階下《した》へおりて行った。お腹もすいている。

テーブルに腰を下ろして、母親にご飯をよそってもらいながら、

「外がうるさいけど、何かあったの？」

「よくわからないけど、鉄橋のところで、死んでる人が見つかったんだそうだよ。嫌だねえ」

母親は、眉《まゆ》をひそめて見せた。

「それで、パトカーが来たの？」

「そうらしいよ」

「ちょっと、見てくる」

「ご飯を食べてからにしたらどうなの？」

と、母親がいったときには、もう敏夫は、玄関に向かって走っていた。

ゴム長をはいて、外へ出た。

ところどころに、残雪が高く積みあげてある。

（あの時、落下してきたのは、人間だったんだろうか？）

道路の端に、パトカーが停まっているのが見えた。

余部橋梁を支えた鉄骨には、コンクリートの基礎がついている。そのコンクリートの一つから三メートルほど離れたところに、十二、三人の人が集まっていた。

その人数が、少しずつ多くなってきている。

背の高い敏夫は、人垣のうしろからのぞき込んだ。

残雪の上に、毛布でくるんだものが横たえられていた。形からして、人間らしい。

敏夫は、傍に友人の井上徹《いのうえとおる》がいるのを見つけて、

「誰か死んだんだって？」

と、きいてみた。

「ああ、中年の男が死んでるんだ。余部の人間じゃないらしい」

「他所者《よそもの》か」

「どこから来たかわからないんだ」

「ひょっとして、上から落っこって来たんじゃないか」

「上から？」

と、徹が橋梁を見上げた。

「夜中に、あの上から人間みたいなものが落ちて来るのを見たんだよ、おれ」

敏夫がいったとき、コートを羽おっている男が、じろりと振り返って、

「君、ちょっと」

「何ですか？」

敏夫がきくと、相手は黒い警察手帳を示してから、

「今、君のいったことは、本当なのかね？」

「本当ですよ、見たんです」

「あの鉄橋の上から、人間が落下するのを見たというのかね？」

「ええ」

「中年の男だったかね？」

「そこまでは、わかりませんよ。遠かったし、一瞬のことだったから」

「何時頃かね？」

「午前二時三十三分を少し過ぎた頃です」

「なぜ、そんな時間に起きてたのかね？」

刑事は、無表情にきいた。敏夫はむっとしながら、映画のビデオを見ていたといった。

「ちょっと部屋の空気を入れかえようと思って窓を開けたときに、見たんですよ、下りの『だいせん5号』が通過したところでした。だから、あの列車から落ちたのかもしれないと思ったんだけど」

「列車を見たのかね？」

「いえ、通過する音を聞いただけです」

「それでよく、『だいせん5号』だとわかったね？」

「あの時刻にこの余部橋梁を通過する列車は、『だいせん5号』だけですよ」

敏夫は、自信を持っていった。

毎日、余部橋梁を通過する列車を見ているのだから、間違いない。

刑事は腕を組み、じっと考え込んでいたが、

「列車から落ちるところを、直接、見たわけじゃないんだね？」

と、敏夫にきいた。

「ええ。人間みたいなものが落ちて来るのを見たんで、あわてて橋梁の上に眼をやったら、もう列車は通過してしまっていたんですよ」

「うむ」

「やっぱり、『だいせん5号』の乗客なんですか？」

と、今度は敏夫がきいた。

刑事は、それに答えるべきかどうか、迷っている様子だったが、

「ポケットに、君のいう『だいせん5号』の切符が入っていたよ」

と、教えてくれた。

3

東京警視庁に、兵庫県警から捜査の協力要請があったのは、その日の午後である。

東京都世田谷区太子堂《たいしどう》のマンションに住む竹内勇《たけうちいさむ》（四十九歳）について、調査して欲しいというものだった。

山陰本線の余部橋梁の下で発見された男の死体が持っていた運転免許証の住所と名前である。

「この死体のポケットには、他に山陰本線の下り急行『だいせん5号』の切符が入っていた。寝台券だよ。もう一つ、余部の高校生が午前二時半過ぎに、余部橋梁から落下してくる人間を見ている。彼は、その直後に通過する『だいせん5号』の音を聞いたと、証言しているそうだ」

と、十津川は亀井にいった。

若い日下刑事が、さっそく余部橋梁の写真を探し出してきた。『国鉄撮影地ガイド』という写真集である。

国鉄の景色のいい場所や、珍しい駅などの写真が載せてある。

余部橋梁の写真は、その中でも一ページ大の大きさで、載っていた。

そそり立つ鉄骨の支柱が並び、その上に単線の線路が頼りなげに渡されている。

赤いディーゼル機関車に牽引《けんいん》された八両連結の客車が、橋梁を渡ろうとしている。橋についている手すりは細くて低いので、列車が今にも四十一メートル下の谷底に転落しそうな感じがする。

「景色はいいが、どうもこういうのは苦手だね」

高所恐怖症の気味がある十津川は、肩をすくめるようにして、亀井にいった。

「私は、どちらかというと、高い所のほうが好きですね」

と、亀井がいう。

「そういうのを聞くと、私はそれだけで、もう尊敬してしまうよ」

十津川は、笑った。

日下は、写真に添えてある説明文を、声に出して読んだ。

「余部橋梁。長さ三百十メートル。地上からの高さ四十一メートル。橋脚の数十二、明治四十五年一月試運転、三月開通」

「四十一メートルの高さから落ちたら、まず助からんだろうね」

十津川がいうと、亀井は写真を見ながら、

「竹内勇という男が殺されたことは、はっきりしているわけですか？」

「県警は、他殺、事故死、自殺の三つのいずれにも可能性があると慎重だが、後頭部に裂傷があるので、他殺の線が一番強いともいっているよ」

「殴っておいて、投げ落としたということですか？」

「そうだね。ただ、後頭部の裂傷も、落ちるとき鉄骨の角にぶつけてできた可能性もある」

「走る列車から、突き落とせますかね？」

「それは、列車の構造によるだろう。単線で幅のせまい橋梁だと、手すりも低い。列車から突き落とせれば、地上に落下することはまず間違いないね。それに事件があったのは、午前二時三十分頃だ。他の乗客はみんな眠っているさ」

と、十津川はいってから、

「ともかく、この男のことを調べてみてくれ」

と、いった。

亀井と日下が、出かけて行った。

二人は、三時間ほどして戻って来た。

「太子堂にあるマンションへ行って来ました」

と、亀井はいい、そこにあったという竹内勇の写真を、机の上に置いた。

写真は二枚で、一枚は竹内ひとりで写っているもの、もう一枚は数人が写っているものだった。

「竹内は、そのマンションに、家族と一緒に住んでいたのかね？」

十津川は、写真を見ながらきいた。

「いや、管理人の話ではひとり住まいだったそうです。竹内が管理人に語ったところによると、一度結婚して、子供まであったのだが、別れたということです」

「サラリーマンかね？」

「マンションのドアのところに、『経営コンサルタント』の看板が下がっていました。これが、机の引き出しに入っていた名刺です」

日下が、一枚の名刺を十津川に見せた。

なるほど、「経営コンサルタント・竹内勇」と、刷ってある。

「その方面では、有名な人だったのかね？」

「部屋に、竹内の書いた本が二冊ありましたから、持って来ました」

亀井が、その二冊を、机に並べた。

一冊は、竹内勇著『これからの経営戦略』とあり、もう一冊は、竹内が翻訳した経営の本だった。

十津川は、大学時代の友人で、現在、中央新聞の社会部にいる田口《たぐち》に電話をかけて、竹内勇のことをきいてみた。

「へえ。竹内が死んだのか」

と、田口は電話口で驚いた様子でいった。

「そちらには、まだニュースが入っていないのか？」

「ああ、まだだよ。君が電話して来たところをみると、殺されたのか？」

「その疑いがあるんだ。彼は経営コンサルタントだったそうだが、評判はどうだったんだ？　彼の書いた本が、二冊ここにあるんだが」

「その本は、五年以上前に書いたものだよ。一時、飛ぶ鳥を落とす勢いだったことがある。アメリカの新しい理論を、翻訳したりしてね。有名企業なんかが、彼を講師として迎えたりしたこともあったんだ」

「それが、どうなったんだ？」

「自分の才気に溺《おぼ》れたというのかな。三年前に、自分で会社を始めたんだ。いわゆるベンチャービジネスってやつだ。竹内さんならきっと成功するだろうというんで、何人もの人間が出資した。ところが、見事に転んでしまってね。五億か六億かの赤字を出し、竹内は姿を消してしまったんだ」

「その後の竹内についての情報は、ないのか？」

「最近だがね。昔の名前を利用して、サギを働いたということを聞いたことがあったんだ。なんでも、中国地方の資産家を欺《だま》して、二億円近い金をとったという話さ。竹内がひとりでやったという説もあるし、誰かと組んでやったという話も聞いている。ただ、昔ほど竹内にネームバリューがないし、刑事事件になっていないんで、うちでは追いかけていなかったんだがね。竹内が死んだのか」

「中国地方の何という資産家か、わからないか？」

「思い出せないんだ。前に聞いたことがあったんだがね」

と、田口はいってから、

「今度は、そっちの情報を教えてくれよ。竹内は、どこで殺されたんだ？」

「そっちにも、そろそろニュースが届くさ。山陰本線の余部橋梁から落ちたんだよ。それ以上のことは、こちらでもわからん」

とだけ、十津川はいった。

電話を切ってから、二冊の本の奥付を見ると、確かに出版したのが片方は五年前、もう一冊は六年前になっていた。

（殺された可能性が、強くなってきたな）

と、十津川は思った。

4

兵庫県警でこの事件を担当したのは、早見《はやみ》という警部だった。

電話で聞くと、四十五歳だというが、若々しい声である。

十津川は、田口に聞いたことを、早見に連絡した。

「どうやら、殺される理由のある男だったようですよ」

と、十津川はいった。

「問題は、竹内が何のために山陰本線に乗っていたのかということだろうね。しかも『だいせん5号』は大阪発で、寝台特急『出雲《いずも》』のように、東京発じゃありません。彼が持っていた切符が自分で買ったものとすれば、彼は大阪へ来ていたことになりますからね」

と、早見がいう。

「解剖は、もう終わりましたか？」

十津川がきいた。

「まだですが、さっき余部橋梁を調べて来ました。京都寄りの手すりの一部に、血痕《けっこん》が見つかりました」

「血液型は、竹内勇と一致しましたか？」

「同じB型です」

「すると、後頭部の裂傷というのは、そこでということになりますか？」

「かもしれません。列車から突き落とされた竹内勇の身体が、鉄の手すりにぶつかってから地上に落下したことは、十分に考えられます。ただし、列車から飛び降りたとすると、自殺ということになりますが」

と、早見はいった。

やはり兵庫県警では、他殺説の他に、自殺説、事故説も、捨て切れずにいるらしかった。

「問題の列車のほうは、どうなっていますか？」

と、十津川はきいてみた。竹内勇は、本当に列車から落ちたのだろうか？

例えば、新幹線は走行中に窓もドアも絶対に開かない。

もし、問題の「だいせん5号」が同じような構造なら、余部橋梁を渡っているときに、列車から乗客のひとりを外に突き落とすことは、不可能になってくる。

「問題の列車に乗務していた車掌長や専務車掌が、明日、大阪へ戻って来るということなので、その時に彼らに会ってくわしい話を聞こうと思っています」

「電話では、きかれたんですか？」

「一応はね。車掌長も専務車掌も、まったく異常はなかったといっていますが、会って話を聞けば、何か思い出してくれるかもしれないと、期待しているのです」

「急行『だいせん5号』は、大阪発でしたね？」

「そうです。二一時三五分大阪発です。明日は、乗務員に話を聞いたあと、大阪から『だいせん5号』に乗ってみようと思っているんですが、十津川さんも、一緒にいかがですか？」

「その列車に興味はありますが、あくまでも兵庫県警の事件ですから」

と、十津川は遠慮してから、

「こちらとしては、竹内勇の交友関係を引き続き調べますよ」

その一つのキーとなるのが、亀井の持って来た写真の片方だった。

数人で、一緒に写っている写真である。

男は、竹内を入れて三人。浴衣《ゆかた》姿で、二人の芸者と一緒に、ご機嫌な顔で写っている。

どこかの温泉で撮ったものだろう。

「手紙は、なかったのかね？」

と、十津川は亀井にきいた。

「それが、不思議なことに一通もありませんでした。竹内本人が始末してしまったのか、それとも、他の人間が持ち去ったのかわかりませんが」

「写真も同じです」

と、日下がいった。

「同じというのは？」

「アルバムも、束にしたものも、見つかりませんでした。ただ、その二枚だけが机の引き出しの奥に入っていたんです。四十九歳の人間が、二枚の写真しかないというのは不自然ですから、手紙と同じく始末してしまったものと思われます」

「なぜ、そんなことをしたのかな？」

「今度の事件が殺人とすれば、犯人が自分の出した手紙や写真を始末したと考えていいんじゃないですか？　自分のものだけを持ち去ったのでは不自然なので、全部始末してしまったんじゃないですかね」

「すると、この写真は貴重なものだねえ」

十津川は、もう一度芸者と写っている三人の男の写真に眼をやった。

浴衣姿なので、どんな職業の男なのかよくわからない。

年齢は、二人とも四十代といったところだろう。

かなり特徴のある顔立ちである。

「この二人が、どこの誰か調べてみてくれ。コンサルタント仲間なら、竹内の本を出した城東出版の人間が知っているかもしれない」

と、十津川は亀井にいった。

亀井は日下と二人で、また出かけて行った。

中央新聞の田口から、電話が入った。

「今、竹内の記事を作っているんだが、警察は殺人と思っているのかい？」

「担当してるのは、兵庫県警だよ。向こうでは、他殺、自殺、事故死のいずれにも可能性があると見ている」

「君の考えはどうなんだ？」

「今もいったように、担当は兵庫県警でね」

「しかし、死んだのは東京の人間だろう」

「ああ」

「おれは、自殺はないと思ってるよ」

「なぜ、そう思うんだ？　新聞記者の勘かい？」

「いや。竹内勇というのは、ひどい高所恐怖症だったんだ。そんな男が、高さ四十一メートルの鉄橋の上を走る列車から飛び降りたりするだろうか？　足がすくんでしまって、動けなくなってしまうと思うね。竹内が、自殺するとしたら、薬をのむとかガスを使うかしたはずだよ」

「高所恐怖症か」

「そういえば、君もそうだったな」

と、田口はいい、クスクス笑ってから、

「他殺としてだが、警察は、誰か容疑者を見つけたのかね？」

「残念ながら、まだだよ」

と、十津川はいった。

田口が電話を切ってすぐ、今度は亀井から電話が入った。

「警部のいわれたとおり、城東出版で竹内の本を出した編集者に会いました。沼田徹《ぬまたとおる》という編集者ですが、この沼田があの写真のひとりなんです」

「もうひとりの男の名前も、わかったかね？」

「わかりました。竹内が本を書いたとき、彼のアシスタントで、取材などを手伝った春日康夫《かすがやすお》という男だそうです。それと、この写真は、竹内の本がベストセラーになったお祝いに、山中温泉に遊んだときのものだそうです」

「春日という男の居場所は、わかったのか？」

「四谷三丁目のマンションに住んでいるということなので、これから日下君と廻《まわ》ってみます。死んだ竹内と春日は、ずっとつき合っていたようです」

「竹内は、サギを働いたといわれているんだが、春日はそのサギ師の仲間かな」

「それも、会ってみればわかると思います」

「竹内と山陰の関係、あるいは大阪とはどんな関係なのか、わかったかね？」

「それは、まだわかりません」

と、亀井はいった。

四十分ほどして、また、亀井から電話が入った。

「やられました。春日はマンションで殺されていました」

5

十津川も、すぐ四谷三丁目のマンションに駆けつけた。

七階建てのマンションの最上階にある部屋で、春日康夫は後頭部を強打されたうえ、首をネクタイで絞められて、殺されていた。

「後頭部を殴ったのは、テーブルの上のガラスの灰皿でだと思います」

と、亀井がいった。

彼のいうとおり、部厚い硬質ガラスの灰皿の角に、血痕《けっこん》らしきものが見えた。

検死官は、十津川に向かって、

「死後五、六時間といったところかな」

と、いった。

（一足おそかった）

と、十津川は唇をかんだ。

兵庫県警から竹内勇についての調査依頼があったときには、まだこの男は生きていたのである。

十津川と亀井は、室内を調べてみた。ガスヒーターがついているので、部屋の中は暖かい。

「ドアのカギは、かかっていました」

と、亀井が机の引き出しを開けて、中を調べながら、十津川にいった。

「犯人は春日を殺したあと、ドアのカギをかけて逃げたということかな」

「そうですね。それにいきなり後頭部を殴られているところをみると、犯人は顔見知りだと思われます」

「出版社の沼田という男も、顔見知りということになるんじゃないのか？」

「そうですね。彼のアリバイも調べてみる必要がありますね」

と、亀井も肯《うなず》いた。

室内は、別に荒らされてはいなかった。

殺された春日は、ワイシャツにズボンという恰好《かっこう》で、部屋の隅にはスーツケースが置いてあった。

十津川が開けてみると、真新しい下着や洗面具が入っていた。

どうやら、旅行から帰って来たところではなく、これからどこかへ行こうとしていたところらしい。

彼の首を絞めているネクタイも、多分、当人のものだろう。

「今、午後八時四十分か」

と、十津川は腕時計に眼をやって、

「五、六時間前に殺されたとすると、午後二時から三時頃にかけて殺されたことになる」

「テレビでは、余部の事件を放映していたんじゃないですか」

「それで、この男も怖くなって、逃げようとしたのかな」

と、十津川はいった。

机の引き出しやタンスの引き出しを調べてみたが、貯金通帳などはそのままになっているのに、手紙や写真の類《たぐい》が、一枚も見つからなかった。

「竹内勇のマンションと、同じことですね。きっと犯人が処分したんだと思いますよ」

亀井が、肩をすくめるようにして、いった。

竹内勇と春日康夫の二人と、犯人との結びつきを消すために、手紙や写真を持ち去ったのだ。

「逆にいえば、犯人は二人と時々、写真を撮ったり、手紙のやりとりをしていた人間ということになりますね」

と、亀井がいった。

「すると、やはりその写真に写っていた沼田という男が、問題になってくるね」

と、十津川はいってから、

「今日は、日曜日だろう？」

「そうです」

「出版社は、休みじゃなかったのか？」

「臨時増刊号を出すので、連日仕事に追われているといっていましたね。それで、日曜日にも出勤しているんだそうです。もっとも、全員が出ているということではないようですね」

「どんな雑誌を出しているんだ？」

「それが、旅行雑誌で、一昨年から出しています」

「旅行雑誌？」

十津川が眼を光らせると、亀井はニヤッと笑って、

「私も、気になりました。専門誌の編集者のわけですから、沼田は当然、余部のことも知っていると思いました」

「一度、会いたいね」

と、十津川はいった。

日下刑事は現場に残し、十津川と亀井は、「城東出版」を神田《かんだ》に訪ねた。

沼田は、まだ会社に残っていた。

沼田は、「トラベラーズ」という雑誌の編集者だった。

写真で見たよりも、大柄な男であった。

沼田は、十津川たちを近くの喫茶店に連れて行った。

「ちょうど、コーヒーを飲みたかったところでした」

と、沼田はいった。

「お疲れのようですね」

十津川が、相手の顔を見ながらいった。

「原稿の追い込みが続いているから、仕方がありません」

沼田はそういってから、コーヒーを飲んだ。

「春日さんは、殺されていましたよ」

亀井が、横からいった。

沼田は、「え？」と亀井を見た。

「本当ですか？」

「殺されたのは、午後二時から三時頃だと思われます」

「そうですか」

「失礼ですが、沼田さんはどこにおられました？」

「社にいたと思いますよ」

「昨日の土曜日も、出社されていましたか？」

十津川がきくと、沼田は眉《まゆ》を寄せて、

「それは、何ですか？　僕が、疑われているんですか？」

「参考のために、おききしているだけです」

十津川がいうと、沼田は口元をゆがめて、

「参考ですか。昨日の土曜日は、取材に飛び廻っていましたよ」

「どんな取材ですか？」

十津川がさらにきくと、沼田は、

「新幹線の車窓の景色を、写真に撮って来たんです。博多《はかた》まで行って来ましたよ。写したフィルムは、今、現像しています」

「山陰本線には、乗られなかったんですか？」

「やはり、そのことですか」

と、沼田は苦笑してから、

「乗りませんよ。もちろん、竹内さんを殺したりはしていません。第一、彼や春日さんとつき合ったのは何年も前のことで、最近はぜんぜん交際がなかったんです。あの二人が、何をしていたかも知らんのです」

「昨日は、出社されなかったんですね？」

「当たり前でしょう。東京から博多まで、新幹線で七時間近くかかるんですよ。往復すれば、出社できませんよ。昨日は一日中、新幹線に乗っていたようなものです。今日は午前九時に出て来て、すぐ昨日撮ったフィルムを現像に廻《まわ》したんです」

沼田は、怒ったような顔でいった。

「昨日、新幹線で博多まで行ったことは、証明できますか？」

「できますよ。博多まで乗ったんで、車掌とも仲よくなりましたからね」

沼田はポケットから手帳を取り出し、その中に書いてあるメモを十津川に示した。

〈東京発一〇時〇〇分の「ひかり5号」に乗車、博多着一六時四〇分。

車掌長　和田太一郎《わだたいちろう》氏に話を聞く。

帰りは、日航機を使用、一七時四〇分福岡発で、羽田着一九時一〇分〉

十津川は、それを自分の手帳に書き写した。

「これは、間違いありませんか？」

と、十津川はきいた。

「調べてください」

と、沼田はそっけなくいった。

6

新宿署に捜査本部が置かれたのは、夜おそくなってからである。

十津川は、兵庫県警の早見警部に電話を入れて、四谷で起きた殺人事件を説明した。

「多分、そちらとの合同捜査になると思いますから、よろしくお願いします」

「それでは、明日『だいせん5号』に乗りにいらっしゃいませんか？」

と、早見がきいた。

「こちらの捜査をすませてから、『だいせん5号』に乗りに行きますよ」

「沼田という男は、どうなんですか？　十津川さんは、竹内と春日の二人を殺した犯人と思われますか？」

「今のところ、第一の容疑者ではありますが、動機はわかりませんし、アリバイもまだ調査していません」

と、十津川はいった。

翌日、十津川は亀井たちを督励して、沼田の周辺を洗わせた。

沼田と竹内、春日との関係はわからなかったが、いくつか、彼について判明したことがある。

沼田は、現在四十二歳。

妻と、小学一年生の子供がいる。

出版社では不遇のほうで、彼より若い男が、雑誌「トラベラーズ」の編集長になっていた。

月給は二十五万円。ボーナスが年二回で百万円ほど。

悪くはないが、さほどぜいたくをできるという収入でもない。それなのに沼田は、最近になって石神井《しゃくじい》公園近くに家を新築し、白いＢＭＷを乗り廻していた。

「家はローンだそうですが、五、六千万円はする家です。車は八百万ほどのものを、これは現金で買っています」

と、亀井が報告した。

「その金を、どこから手に入れたかだな」

「そうですね。誰かの遺産が手に入ったということもないようです」

と、亀井はいう。

羽田空港へ出かけた日下は、三月十六日（土）の夜、沼田が日航機で福岡から戻ったことを確認してきた。

「間違いなく、日航の三七〇便で沼田は帰って来ています。一七時四〇分福岡発で、羽田着は一九時一〇分です」

「乗客名簿に、彼の名前が載っているのか？」

「載っていましたし、同じ機に搭乗したスチュワーデスが彼に名刺を貰《もら》っていました。いろいろと、取材したようです」

「嘘をついていなかったんだな」

「そうですが、肝心な点については、嘘をついていると思いますね。彼は、最近でも竹内や春日と、つき合っていたと思いますね」

と、日下はいった。

春日康夫の死亡時刻も、わかった。

十七日（日）の午後二時から三時までの間と、解剖の結果が出た。

沼田が、その時間に四谷三丁目の春日のマンションに来ることが、できたかどうかである。

十七日に出社した編集者は、沼田を含めて四人だった。

最初に出社したのは沼田で、守衛にカギをあけてもらって、「トラベラーズ」の編集室に入った。この時が、午前九時五分であることは、守衛が証言した。

この日、夜おそくまで沼田は社にいたが、普通の会社と違って、編集者たちの出入りは自由である。コーヒーを飲みに近くの喫茶店へ行く者もいるし、原稿を貰いに二時間も三時間も外出する者もいる。

つまり、春日康夫の事件については、明確なアリバイがないのである。

早めに夕食をすませてから、十津川と亀井は、新幹線で大阪に向かった。

新大阪で乗りかえ、大阪に着いたのは、午後八時を少し過ぎた頃である。

駅には、兵庫県警の早見警部が迎えに来てくれていた。

「まだ、『だいせん5号』の発車には時間がありますから、お茶でもどうですか。お知らせしたいこともありますし——」

と、早見はいった。

三人は、駅近くのビルにある喫茶店に入った。

十津川は、その店の窓から駅ビルに眼をやった。

「久しぶりに大阪駅に降りましたが、すっかり変わってしまいましたね」

と、十津川は早見にいった。

前に来たときは、ちょうど古い駅舎の取りこわし工事が行われていた。それが今は、デパートやホテルも入った高層ビルに変わっている。

「そうですね。私なんかも新幹線の新大阪にはよく降りるんですが、大阪駅にはめったに降りませんから、変わりようにびっくりしています」

と、早見はいってから、

「実は、今日の午後、面白いことがわかりました」

「事件に関してですね？」

「もちろんです。竹内勇や春日康夫が死んだ記事を見たといって、出雲市に住む原田《はらだ》勇《ゆう》策《さく》という五十七歳の人が、警察に出頭して来たんです」

「サギにあった人物ですか？」

「そうなんです。大変な資産家でしてね。竹内と春日が新会社を設立して、顧問に地元の代議士も入っていたので、二億円出資したそうなんです」

「その金を、欺《だま》し取られた——？」

「原田さん以外にも、何人かが出資したようです。去年の九月一日に、大阪で『キンキ・エンタープライズ』という会社を作ったんですが、今年になって倒産。どうやら、計画倒産のようですね。東京で会社を作らなかったのは、前に失敗しているからだと思いますよ。それに、これはまだ確認していないんですが、大阪に竹内の女がいるようなんです。クラブのホステスらしいんですが」

「それで、竹内は、大阪に寄ってから『だいせん5号』に乗ったわけですか」

「と、思いますね」

「しかしなぜ、『だいせん5号』に竹内は、乗ったんですか？」

亀井が、首をかしげてきいた。

早見は、コーヒーを一口飲んでから、

「それなんですが、原田さんの話では、こういうことらしいんですよ。原田さんは、キンキ・エンタープライズが倒産したとき、最初は計画倒産とは思わなかったというんです。経営コンサルタントで本まで出している竹内勇が社長になっているし、顧問として地元の代議士の名前もあったので、まさかサギにあったとは思わなかったというんです。ところが、どうも欺されたらしいと思うようになった。そこで弁護士に頼んで、原田さんは、竹内、春日、それに顧問に名を出していた代議士を、告訴しようということにした。あわてた地元の代議士が、東京に逃げている竹内に電話をかけて、何とかしろといったんだと思います。原田さんのところに竹内から電話があって、十七日にそちらに伺って、事情を説明するといったそうです。それで原田さんは待っていたら、やって来ない。不審に思っている時に、竹内が余部で死んだことを知ったんだそうです」

「沼田は、どう関係してくるんですかね？」

「それですが、原田さんの話だと、竹内が電話して来たとき、自分と春日の他にもうひとり、今度の会社設立に関係した人間がいる、その男を連れて行くといったそうです。その男が、一番事情を知っているともいったそうですよ。その男が沼田じゃないのかと、私は思うんです」

「なるほど」

と、十津川は肯《うなず》いた。

沼田は、自分は表面に出ていない。だから、竹内と春日を殺してしまえば、すべてが闇に葬れると思ったのか。

「一度、原田さんという方に会いたいですね」

と、十津川はいった。

7

九時を過ぎたので、十津川たちは喫茶店を出て、大阪駅へ向かった。

「だいせん5号」の切符は、早見が買っておいてくれた。

改札口を入り、一番線ホームにあがると、大社行きの急行「だいせん5号」はすでに入線していた。

牽引《けんいん》するディーゼル機関車は赤い車体だが、連結されているのは、いずれもブルーの車体である。

奇妙な編成の列車だということは時刻表で知っていたが、実際に眼で見ると、奇妙というより、どこかほほえましく思えた。

ブルーの荷物車、郵便車が、まず二両つながっている。

十津川たちがホームにあがったとき、忙しく、荷物や郵便物の積み込みをやっていた。

三両目は電源車で、低いエンジンの唸《うな》り声をあげている。

四両目から十両目までが、客車である。

客車だけでいえば、1号車から7号車ということになる。

1号車が自由席、2、3号車は座席指定、4号車から最後尾の7号車までが三段式B寝台車になっている。

早見は、座席指定のほうを買っておいてくれた。

2号車の中ほどの座席である。

寝台車のベッドを座席に直した車両なので、背もたれが太くなっている。

三人は向かい合って、腰を下ろした。

専務車掌が、改札にやって来た。早見は、三人分の切符をまとめて渡してから、

「十六日の夜、この『だいせん5号』に乗務されましたね？」

と、きいた。

「ええ。確かに、十六日の『だいせん5号』に乗務しました」

「あとで、その時の様子を話してくれませんか」

と、早見はいい、警察手帳を見せた。

まだ、発車までには五、六分あった。

十津川と亀井は、他の車両も見て廻《まわ》ることにした。

隣りのホームは、大阪環状線が発着するので、乗客で賑《にぎ》やかである。

こちらのホームは、ひっそりと静かだった。

それでも、ぽつぽつと「だいせん5号」に乗客が乗ってくる。

どの車両も、五十パーセントくらいの乗車率だった。

寝台車のほうは、夜の九時を過ぎた時間のせいか、すでにカーテンを閉めてしまっている乗客が多かった。

十津川と亀井は、窓とドアを、特に念入りに見て行った。

客車は1号車から7号車まで、現在、特急寝台に使われているものより古い、ナハネ20系と呼ばれるもので、窓は固定式で開かないが、ドアは手で開けるようになっている。

自動ドアに慣れている乗客のためなのだろう、ドアに注意書きが貼ってあった。

〈手で開けてください。

走行中は、開けられません〉

列車がホームに着いたら、手で開けて降りてくれということだろう。

各車両に乗務員室がついていたが、車掌が乗っているのは3号車、5号車、7号車の三両である。

二一時三五分。定刻に「だいせん5号」は大阪駅を発車した。

京都は通らず、福知山《ふくちやま》線を北上して福知山から山陰本線に入る。

しばらくして、さっきの専務車掌が十津川たちの席へ来てくれた。

「まあ、座ってください」

と、早見は相手を自分の横に座らせてから、

「余部橋梁から落ちて死んだ乗客のことは、知っているでしょう？」

「ええ。知っています」

「これが、その乗客の写真なんですが、覚えはありませんか」

早見は、竹内勇の写真を見せた。

専務車掌は、しばらく見ていたが、

「覚えはありませんね。車内改札は、大阪駅へこの列車が入っている時にやるんですが、寝台客車のお客は、カーテンを閉めたまま、手だけ出して、切符を見せられる方が多い

ですからね。顔は見ないんです。そんな時には」

「余部橋梁の上で、停車したということはなかったんですか？」

「いや、ありません。十六日の『だいせん5号』は、何の事故もなく運転されましたよ」

「ドアのことですが」

と、十津川が声をかけた。

専務車掌が、十津川を見た。

「ドアが、どうかしましたか？」

「手で開けてくれと書いてありますね」

「ええ。閉めるときは一斉に閉まりますが、降りるときは、手で開けることになっていますから」

「しかし、走行中は手で開かないんでしょう？」

「ええ。危険ですから開かないようにしてあります」

「何か、スイッチでもあるんですか？」

「乗務員室に、スイッチがあります」

「すると、そのスイッチを操作すれば、走行中にドアを手で開けられるようになるわけですね？」

十津川がきくと、専務車掌は当惑した顔で、

「それはまあ、そうですが、危険ですよ」

「わかっています」

と、十津川はいった。

とにかく、乗務員室に入ってスイッチを操作すれば、走行中でもこの列車のドアは、手で開けられたのだ。余部橋梁の上を走っているときでも。

「だいせん5号」が、余部橋梁にかかるのは午前二時半過ぎである。

どの車両の乗客も、眠っているだろう。車掌だって、持ち場を離れているかもしれない。犯人はそんな時を狙って、乗務員室に駆け込み、スイッチを操作したのではないか。

沼田は、今度新幹線の取材で博多まで行った際、車掌からいろいろと話を聞いたといっているから、この列車のことだって簡単に聞き出しただろう。十六日の「だいせん5号」でなくても、他の日に前もって乗って、その時に、乗務員室のスイッチのことを聞いていてもいいのだ。

十津川は、沼田の写真を専務車掌に見せた。

「この男が、十六日の『だいせん5号』に乗っていませんでしたか？」

「さあ」

「沼田徹という名前ですが、心当たりはありませんか？」

と、十津川が念を押すと、

「ちょっと待ってください」

専務車掌は急に思い出したように、2号車から姿を消したが、すぐ小さな紙片を持って戻って来た。

「この人ですか？」

といって、専務車掌が差し出したのは、名刺だった。


〈月刊「トラベラーズ」編集部　沼田　徹〉


と、印刷された名刺である。

十津川は、その名刺を早見や亀井にも見せてから、専務車掌に、

「これをどこで？」

「十六日大阪発の『だいせん5号』の車内でです。見つけたのは十七日になってからです。5号車の通路で拾いました。出雲市駅に着いてからです」

「5号車？」

と、早見が呟《つぶや》いてから、十津川に向かって、

「余部で死んだ竹内が持っていた切符が、5号車の真ん中の席のものでした」

と、いった。

やはり、沼田は竹内勇と同じ列車に乗っていたのだろうか？

沼田は、竹内と同じ「だいせん5号」に乗り込み、列車が余部橋梁を通過中、乗務員

室のスイッチを操作してドアを開け、竹内を突き落としたのか？

もしそうだとすれば、沼田は竹内を突き落としたあと、すぐ列車を降りたに違いない。

「その『だいせん5号』ですが、余部橋梁を通過したあと、最初に停まるのは何という駅ですか？」

と、十津川は専務車掌にきいた。

車掌はメモを見ながら、

「浜坂《はまさか》ですね。午前二時四五分着で、三十秒で発車です」

「そこで、この男が降りませんでしたか？」

十津川はもう一度、沼田の写真を専務車掌に見せた。が、相手はきっぱりと、

「いや、降りません」

「なぜ、そうはっきりいえるんですか？」

「この列車は、1号車から3号車までが座席車、4号車から最後尾の7号車までが寝台ですから、1号車以外は全部指定です。つまり、行き先がわかるわけですよ。車内改札のとき、どの席の乗客はどこまでの切符と、メモしておきます。もちろん、私一人で車内改札したわけじゃなく、三人でやったんですが、あの日の『だいせん5号』の乗客は、1号車の自由席を除くと、米子《よなご》までの切符の人が十五人、松江《まつえ》三十一人、出雲市六十七人、残りが終点の大社でした」

と、専務車掌は手帳を見ながらいった。

「しかし、途中下車は、あり得るんじゃありませんか？」

「ええ。もちろんあり得ますが、その時には、途中下車した駅から報告があります。今いった浜坂とか鳥取からです。しかし、あの時はありませんでしたね」

「余部橋梁を通過したあと、最初に乗客が降りたのは、米子というわけですか？」

十津川は、大事なことなので念を押した。

「そうです。米子です。米子着が、午前五時一二分です」

と、専務車掌はいった。

五時一二分では、まだ夜は明けていないだろう。

考えてみれば、それより前に現地に着いても、不便で仕方があるまい。だから、午前二時四五分に着く浜坂で降りる乗客がいなくても、別に不思議はない。

専務車掌が沼田徹の名刺を置いて乗務員室に戻ってしまったあと、十津川たちは、三人で事件のことを話し合った。

8

「キンキ・エンタープライズ」という会社は、最初から出資金詐取の目的で作られた会社だったに違いない。

計画は、竹内勇、春日康夫、それに沼田徹の三人で立てたものだろう。

経営コンサルタントの竹内と、その助手役の春日が表にたち、沼田は裏方に廻《まわ》ったに違いない。

出資者を欺《だま》すについては、竹内が昔出した本が、役に立ったろう。沼田の働いている城東出版では、政治家の伝記なども出しているから、代議士を担ぎ出すのは彼の役目だったのかもしれない。

その竹内が、出資者の原田に対してすべてを話してしまいそうな状況になった。下手をすれば、刑務所行きになりかねない。家庭もあり、家を新築したばかりの沼田は、どうにかしてそれを防ごうと考えた。幸い、自分は裏方に廻っていたから、竹内の口を封じてしまえばと、思ったのだろう。

「沼田は、竹内に向かって、自分も一緒に行って出資者に事情を説明しようと、いったんだと思いますね」

と、亀井は考えをいった。

「そして、終点までの切符を買った。専務車掌もいっていましたが、乗車するとすぐ寝台に入ってカーテンを閉めてしまい、車内改札のときには手だけ出して切符を見せる乗客もいたようですから、沼田の顔を車掌が覚えていなくても、不思議はありません。沼田は最初から余部橋梁で突き落とすことを考えていたとは、私は思いません。終点までの間に殺そうと思っていたんじゃないでしょうか」

「余部橋梁から突き落としたのは、偶然だったというわけかね？」

十津川が、きいた。

「そう思います。午前二時半頃ですから、竹内は、トイレにでも起きたんじゃないでしょうか。旅行雑誌の編集者の沼田は、この型式の車両のドアの開け方を知っていた。だから、竹内のあとをつけて行ってドアを開け、余部橋梁から突き落としたんだと思いますね。そして逃げるとき、名刺を落としたのではないかと」

亀井は、泥で汚れている名刺に眼をやった。

「そこまでは、私も賛成ですが」

と、早見がいった。

「問題は、沼田が、なぜすぐに列車を降りなかったかということですか？」

十津川が、きく。

早見は、大きく肯いて、

「そうなんです。普通は、すぐ逃げますよ。それなのに、午前五時一二分に米子に着くまで、降りなかった。車掌が、米子まで誰も降りないといっていますからね。その気持ちが、わからんのですがね」

「真夜中の駅に、ひとりだけぽつんと降りたのでは目立ってしまうから、米子まで、じっと待っていたんじゃありませんかね」

「なるほど。米子では十人以上降りたといいますから、それに交じって逃げたということですか」

と、早見は肯《うなず》いた。

三人を乗せた「だいせん5号」は、福知山線の宝塚《たからづか》、三田《さんだ》、篠山口《ささやまぐち》と停車して、ひたすら北上して行く。

座席車の2号車でも、十二時を過ぎると、軽い寝息をたてる乗客が、多くなった。

十津川たちだけは、起きて窓の外を見ていた。

福知山着〇時〇七分。

ここで、三十二分間停車したあと、山陰本線に入った。

和田山《わだやま》、豊岡、城崎《きのさき》と停車してから、香住《かすみ》着が、定刻どおりの二時二四分である。

専務車掌がやって来て、間もなく余部橋梁だと教えてくれた。

小さな無人駅を一つ通過したあと、問題の余部橋梁になった。

昼間なら、周囲の景色がよく見えるのだろうが、今は片側に山脈、反対側に海がぼんやりと見えただけである。

ただ、下を見ると、小さく家々の灯《あかり》が見えた。高さが、よくわかった。

列車は、あッという間に余部橋梁を通過した。

十津川は、何ということもなく、ふうっと小さく息を吐いてから、煙草に火をつけた。

他の乗客は、余部橋梁などにはまったく興味がないのか、眠っている。

「まずいな」

と、ふいに十津川がいった。

「どうされたんですか？」

亀井が、びっくりした顔できく。早見も、十津川を見ている。

「沼田は、十七日の朝九時五分には神田の出版社に出社しているんだ。これは、守衛が証言しているから間違いないと見なきゃならない。その沼田が、五時一二分に米子で降りて、果たして九時五分までに神田へ帰れただろうか？」

「時刻表を、借りて来ます」

亀井は立ち上がると、専務車掌から大判の時刻表を借りて来た。

「間に合ったとすれば、飛行機でしょうね」

と、亀井は航空のページを開いた。

ずっと指でたどるように見ていたが、

「まずいですね。米子、出雲、鳥取の三つから、羽田へ航空便がありますが、米子から羽田への第一便は一一時一五分、出雲は一〇時四〇分、鳥取も一〇時四〇分だから、まったく間に合いませんね」

「大阪からなら、間に合うんじゃないかな」

と、早見が口を挟んだ。

「そうですね。大阪から羽田への第一便は七時二〇分発で、羽田着は八時二〇分です。日曜日で、都心は交通渋滞はありませんから、タクシーを飛ばせば九時五分までに神田へ着けると思います。問題は、米子から大阪空港まで、二時間八分で行けるかということですね。いや、少なくとも空港には、十五、六分前に着かなければいけないから、二時間足らずしかありません。米子から大阪空港まで、二時間足らずで着けるでしょうか？」

「二時間でねえ」

と、早見は考えていたが、

「まず無理じゃないかな。米子と大阪の間に飛行便はあるが、一番早い便でも九時〇五分米子発だから、使えない。とすれば、列車か車ということになる。新幹線が一番早いが、米子に近い駅というと、岡山になってくる」

「岡山から新大阪まで、『ひかり』で一時間ですね。新大阪から空港までは、車で二十五分です」

「合計一時間二十五分とすると、残りは三十五分だね」

と、十津川がいった。

「そうです。三十五分間で、米子から岡山へは、全く不可能です。伯備線《はくび》が米子と岡山の間を走っていますが、L特急でも二時間十九分かかります。第一、五時一二分頃にはL特急は走っていませんね」

「車では？」

「米子と岡山の間は、百四、五十キロありますから、いくら飛ばしても一時間半はかかります。駄目ですね」

「車も飛行機も列車も駄目というと、沼田は、どうなるんだ？　アリバイが成立してしまうんじゃないのかね」

十津川が、ぶぜんとした顔でいった。

9

夜が明けた。

六時四八分。出雲市駅着。

ここから、「だいせん5号」は大社線に入る。

大社駅までの路線で、急行から普通列車になる。何かの雑誌に普通乗車券でブルートレインに乗れると、書かれていたことがある。

十津川と亀井は早見に促されて、出雲市で降りた。ここで、サギにあった原田という人間に会うことにしたからだった。

駅近くで、三人は朝食をとった。

その間に、早見が電話で連絡をとり、出雲市内の原田邸を訪ねた。

典型的な土地持ちの邸《やしき》だった。三千坪近い敷地に、贅《ぜい》をつくした日本家屋が建っている。庭の池には、見事な緋鯉《ひごい》が泳いでいた。

原田という主人は、二億円を詐取されたのに、さほど痛みを感じているようには見えなかった。

「竹内や春日が死んだのは、因果応報というやつだと思っていますよ」

と、小柄な原田は古めかしい言葉を使った。

「われわれは、二人を殺した犯人を追っています」

十津川がいった。

「私みたいに、彼らに欺《だま》された人間は、沢山いるでしょう。その中の誰かがやったんじゃありませんか。私は、関係ないが」

「われわれは、仲間割れと見ています」

十津川は、原田に沼田の写真を見せて、会ったことはないかときいた。

原田は、「うーん」と唸《うな》りながら見ていたが、

「大阪で、会ったような気がしますね」

「大阪で、ですか？」

「例の『キンキ・エンタープライズ』設立パーティの時ですよ。盛大なパーティで、あれに欺されたのかもしれん」

「そこに、いたんですか？」

「政治家の先生方も、何人か見えていてね。その人たちの世話をしていた男に、よく似ていますね。竹内にあれは誰だときいたら、沼沢《ぬまざわ》とか、沼田とかいっていましたがねえ」

「沼田です」

「そう、沼田です」

「竹内は、沼田はどんな人間だといっていました？」

「今は、マスコミで働いているが、なかなかの野心家で、政治家を何人か知っているといっていましたね。ああ、それから、政治家が出した自伝のいくつかは、あの男が書いたものだとか」

「十七日に、竹内は事情を説明しに来るといったんですね？」

「そうですよ。私の他にも出資者がいて、その人たちもここで待っていたんですがねえ」

「竹内は、ひとりで来るといっていたんですか？」

「いや、事情を一番よく知っている人間も、連れて行くといっていましたよ。私は、春日のことだと思っていたんだが、考えてみると春日というのは、竹内にいつもくっついているだけの男だから、違っていたかもしれませんな」

「多分、竹内は、沼田のことをいっていたと思いますよ」

と、十津川はいった。

竹内は、沼田と春日を連れて、ここへ来るつもりだったのだろう。

沼田は、口封じにまず竹内を殺し、次に、春日を殺した。

だが、どうやって殺したのか。

三人は、原田に礼をいって、外へ出た。

「気になったことが、二つありますね」

と、十津川が駅に向かって歩きながら、早見にいった。

「何ですか？」

「沼田はここへ来る途中、余部橋梁で竹内を殺した。これはわかるんですが、その時、春日はどうしていたかということなんです」

「もう一つは、何ですか？」

「急行『だいせん5号』の車内で、専務車掌が見つけた沼田の名刺のことです」

「沼田が乗っていた証拠だと思いますが、どこかおかしいですか？」

早見が、首をかしげた。

「私も名刺を持っていますが、今まで、落としたことはないんです。名刺入れに入れておいて、人に渡すとき以外は出しませんからね」

「沼田が車内で落としたのは、おかしいといわれるんですね？」

「そうです、沼田は竹内を殺すために『だいせん5号』に乗ったわけでしょう。用心深く行動したはずですよ。それなのに、よりによって自分の名刺を車内に落とすというのが、よくわからないのです」

「そういえば、そうですが――」

「私はね、ひょっとすると沼田は『だいせん5号』に、乗らなかったんじゃないかと思うんですよ」

と、十津川はいった。

10

三人は、特急で鳥取まで出て、そこから普通列車に乗りかえた。

昼間の余部橋梁を、ゆっくり見たかったからである。

余部橋梁は、京都、大阪方向へ向かって、餘部駅と鎧《よろい》駅の間にある。どちらも無人駅である。

三人は、普通列車を餘部駅で降りた。

餘部は、片側だけのホームの小さい駅である。

降りたのは、十津川たちだけだった。

ホームの隅に、残雪が集められている。

餘部駅は高い場所に造られているので、余部の集落に行くには、急な坂道を下りて行かなければならない。

問題の余部橋梁は、駅のすぐ近くにあった。

余部橋梁の写真を撮りに来る人が多いとみえて、余部観光組合の標示板が立っていた。

今日も、カメラをぶら下げた若者が二人、標示板の方向から歩いて来た。今の列車が余部橋梁を渡るのを撮ったらしい。

橋梁は、一直線に延びている。

向こう側はすぐトンネルになっていて、その先が鎧の駅である。

単線だから、橋梁の幅は狭い。線路の横には、板張りの通路が作ってある。多分、保線用のものだろう。

「橋梁の上を、歩いてみますか」

と、早見がいった。

亀井は、すぐ応じたが、十津川は手を振った。

「こういう高い所は、苦手です。見ていますよ」

「そういえば、竹内は高所恐怖症だったということでしたね」

亀井がいった。

二人は、どんどん橋梁を渡って行った。

時々立ち止まって、四十一メートル下の谷底を見下ろしている。十津川にはとうていできない芸当だった。

列車が来たらどうするのかと心配したが、橋脚に避難場所が作られているのがわかった。

早見と亀井が、戻って来た。

三人は、急な坂道を余部の集落に向かって、下りて行った。

近くを、国道一七八号線が走っていた。

「城崎で、国道九号線とつながっています」

と、早見が説明した。

国道九号線を南下すれば、京都に出る。

下から見上げると、さすがに余部橋梁は、そびえ立つ高さである。

「竹内勇の死亡時刻は、わかっているんですね？」

十津川が、橋梁を見上げてきいた。

「十七日の午前二時から三時の間です。『だいせん5号』の通過時刻は、だいたい二時半頃ですから、ぴったり合うわけです」

早見がいう。

「沼田は、列車から竹内を突き落としたんじゃなく、橋梁の上から『だいせん5号』の通過に合わせて、突き落としたんだと思いますね。そう考えないと、辻褄《つじつま》が合いませんね」

と、十津川がいった。

「しかし、竹内は高所恐怖症だったんじゃありませんか？」

「そうです。しかし竹内に意識があったとすれば、そんな人間のほうが、無理矢理あの上にのせてしまえば、足がすくんでしまって無抵抗状態になってしまうものですよ。私が高所恐怖症だから、わかるんです」

「列車の中に沼田の名刺が落ちていたのは、どう説明しますか？」

「それについて、あなたとカメさんが橋を渡っている間、考えていたんですが、こういうことじゃないかと思いますね。沼田、竹内、春日の三人が組んで、サギを働いた。形は、会社を作ってそれが倒産したことになっているが、本当はサギだ。一番気の弱い竹内が、それを告白しそうになった。そこで沼田は、竹内の口を封じようと考えたわけです。この時は、春日も沼田に味方していたと思いますね。二人で竹内を殺そうとしたのですよ」

「なるほど」

「計画を、沼田が立てた。その計画は、多分こんなものだったでしょう。竹内は『だいせん5号』で原田さんに会いに行く途中、発作的に余部橋梁の上から身を投げて死んでしまったことにする。そのために、前もって、『だいせん5号』の切符を買っておき、その切符を持たせて、竹内を余部橋梁から突き落とす。『だいせん5号』の通過に合わせてです」

「沼田の名刺は？」

「それを、今から説明します。竹内は、『だいせん5号』に乗っていて、飛び降りたことにしなければならない。わざわざ余部橋梁に行って飛び降りるというのはおかしいですからね。それで、竹内が『だいせん5号』に乗っていたという証拠を作っておかなければならない。その役目は、春日にやらせたんじゃないかと思うんです。つまり、春日が、『だいせん5号』に乗り、竹内の身の廻《まわ》りの品物を、何か車内に残して来るということをです。例えば、竹内の名刺です」

「しかし、名刺は——」

「わかっています。沼田の命令で、春日は『だいせん5号』に乗った。竹内の名刺を、落として来いといわれてです。ところが、春日は考えたんだと思います。仲間の竹内を簡単に殺す沼田なら、彼は自分を殺すかもしれない。殺さなくても、自分が『だいせん5号』に乗っていれば、竹内を突き落としたと思われてしまうかもしれないと」

「それで、竹内の名刺ではなくて、沼田の名刺を車内に落としておいたんですね？」

「そうです。一方、沼田は十六日に新幹線の取材をして、博多から東京へ帰った。これは、事実だと思います。しかし、羽田から帰宅したんじゃなくて、また、大阪へ向かったんです。そして、レンタ・カーを借り、竹内を乗せて、余部橋梁へ向かった。多分、竹内の後頭部を殴りつけて、気絶させたんだと思いますね。車は、橋梁の下までしか入れませんから、気を失っている竹内を橋梁の上まで運ぶのは大変だったと思いますね。そして、『だいせん5号』の通過に合わせて、突き落としたんです」

「午前二時半頃ですね」

「そうです。そのあと、沼田は車で大阪に引き返した。七時二〇分発の羽田行きの飛行機に間に合えばいいんですから、楽だったと思いますね」

「さっそく、沼田が十七日の大阪発の飛行機に乗っていることを調べましょうか？」

早見が、勢い込んできいた。

十津川は、ちょっと考えていたが、

「それは、あとにしましょう」

「なぜですか？」

「沼田は、偽名で乗ったに違いありません」

「それは、わかっていますが――」

「それより、沼田は、自分の名刺がまさか『だいせん5号』の車内に落とされていたとは思っていないでしょう。てっきり、竹内の名刺が落ちていると思っている筈《はず》です。その線で、沼田に当たってみようと思うのです」

「なるほど」

「私の推理が正しければ、沼田は愕然《がくぜん》とする筈です」

11

三人は、東京に向かった。

東京に着いて、十津川たちは、沼田が出版社を辞めて、ある政治家の秘書になったことを知った。

沼田にとって、それが前からの希望だったのだろう。

十津川たちは、三人で沼田に会った。

沼田は、晴れやかな顔をしていた。野心へ、第一歩を踏み出したからなのだろう。

「実は、竹内勇は余部橋梁から突き落とされたと思っていたのですよ」

と、十津川は沼田に向かっていった。

「それはないと思いますがねえ」

「そうなんです。竹内勇は、十六日に大阪駅を出た『だいせん5号』に乗っていたとわかりました」

十津川がいうと、沼田はわが意を得たというように、微笑した。

「それは、その列車の切符を持っていたからでしょう？」

「それもあります。もっとも、切符は買っても乗らないことがありますがね」

「しかし――」

「それにもう一つ、興味があることがわかったんですよ。同じ『だいせん5号』の5号車の車内で、名刺が見つかったんです」

「そうですか。それで竹内さんが『だいせん5号』に乗っていて、発作的に飛び降りたことが、はっきりしたわけですね」

と、沼田がいう。

十津川は、黙って問題の名刺を取り出した。

「あなたにも見てもらいたくて、持って来たのです」

十津川が渡すと、沼田は余裕のある顔で受け取った。

が、そこに印刷されてある名前を見たとたんに、顔色が変わった。

名刺を持つ手が、小きざみにふるえている。

「これは、何かの間違いだ」

「あなたは、誰の名刺だと思っていたんですか？」

十津川は、皮肉な眼で相手を見すえた。

「それは——」

と、沼田は口ごもった。

彼はきっと、自分が殺した春日にはめられたと、気付いたのだろう。

（これで、勝ったな）

と、十津川は思った。

「この名刺が、なぜ問題の列車に落ちていたのか、その理由を説明してもらいたいですね」

と、十津川はいった。

恋と裏切りの山陰本線

1

「どうしても、辞めるのかね？」

と、十津川は、自分の前に緊張した顔で立っている若い刑事を見つめた。

名前は、小田敬介《おだけいすけ》。二十九歳。誠実で、目立たない男である。いい男だが、その誠実さが、時には、心配にもなっていた。

「約束ですから」

小田は、そんないい方をした。

「彼女に、今度の事件が終わったら、警察を辞めて一緒になると、約束したみたいだね？」

「はい」

「だから、辞めるのか？」

「そうです」

「しかし、相手は、旅館の娘だろう。君に旅館の婿がつとまるのかね？」

「自信はありませんが、一生懸命にやれば、何とかなるような気もしています」

「山陰の旅館の婿さんだよ。君は、何処の生まれだったかね？」

「千葉の茂原《もばら》です。鳥取へ行ったのは、今度の事件が初めてです」

「それでも、大丈夫かね？」

「何とかやれると思います。それに昨日、向こうからわざわざ、切符を送ってくれました」

小田は、山陰本線のブルートレイン「出雲3号」の個室の切符を、十津川に見せた。

今夜、二一時二〇分発の切符である。

切符が入っている封筒は、皆生《かいけ》温泉「晴海《はるみ》館《かん》」となっている。印刷された旅館名の横に、「みゆき」と、書き加えてあった。

今年の八月二十五日、東京で、若いカップルが宝石商を殺し、現金一千万円と二千三百万円相当の宝石を奪って逃げた。女の方が皆生の生まれということで、十津川は刑事三人を皆生温泉に急行させた。亀井、西本、小田の三人である。彼らはその時、旅館晴海館に泊まって、犯人たちを探した。

追いつめられた犯人二人のうち、女は近くの海で自殺し、男はまた東京に舞い戻った。

その間に、晴海館の娘みゆきと小田が、いつの間にか愛し合うようになっていたのだが、一緒にいた亀井と西本は、気がつかなかったらしい。

「あいつが、あんなに手が早いとは、思いませんでしたよ」

と、亀井は笑いながら、十津川に報告した。もちろんこれは冗談で、適当な婿はいないかと探していた晴海館の主人夫婦が、まじめな小田を気に入ったというのが本当のところだろうと、十津川は考えている。

東京に舞い戻った犯人の男は、九月二十日になって横浜で逮捕され、事件は決着した。

そして今日、二十五日になって、小田が辞職願いを持って来たのである。

十津川はその辞職願いを、本多《ほんだ》捜査一課長のところに持って行った。

「私がやたらに慰留するので、亀井刑事にもう行かせてあげなさいと、いさめられましたよ」

と、十津川は、いった。

「それでも君は、その辞職願いを受け取ったんだろう？」

「そうですが、これは、課長が一時、預っておいて頂けませんか」

「小田刑事が戻って来る可能性があると、思っているのかね？」

「戻って来れば、必要な人材です」

と、十津川は、いった。

その夜、自宅にいた十津川に、電話がかかった。

最初、電話に出たのは妻の直子《なおこ》だったが、

「あなたによ」

「誰から？」

「名前はいえない男の人から」

と、直子は、笑った。

十津川が受話器を受け取ると、男の声で、

「十津川さんかな」

「そうですが」

「小田という刑事だが、どうしているね？」

「なぜ、彼のことを？　知り合いの方ですか？」

と、十津川は、きいた。が、相手は、それには答えず、

「皆生には来ない方がいい。旅館の婿になるのは反対だ」

「なぜですか？　それに、なぜ本人にいわないんですか？」

「彼に電話したが、いなかった。彼が皆生に来れば、死ぬことになる。だから、来させるんじゃない」

「君は、誰なんだ？　なぜ、小田刑事が、危険なんだ？」

十津川は、声を大きくしてきいた。が、電話は、すでに切れてしまっていた。時計を見ると、九時半を廻《まわ》っている。小田が乗るといっていた出雲3号は、十分前に東京駅を出てしまっている筈《はず》だった。男が小田に電話したがいなかったというのは、小田がすでに出かけてしまっていたのだろう。

「小田さんて、旅館のお婿さんになるという刑事さん？」

と、直子が、きいた。

「ああ。今度の事件で皆生温泉へ行っている間に、見初められたんだ。旅館の主人夫婦は、地味だが誠実な男だし、三男坊だから、旅館の婿にはいいと思ったんだろうね」

「肝心の娘さんは、どうなのかしら？」

「ひとり娘でね。名前は、みゆきさんだ。写真を見たが、なかなかの美人だよ。彼女も、小田君に惚《ほ》れたと思うよ。そうでなければ、いくら両親が気に入ったって、婿に来てくれとはいわないだろう」

「それは、そうね」

「それに、うまくいかなければ、戻って来ればいいんだよ。それを考えて、一課長は、彼の辞職願いを預っている」

「今の電話の人は、何ですって？」

「小田君が、旅館の婿になるのは反対だといっていたね。まあ、それを面白くないと思う人間もいるんだろう。婿に入ったあとも、彼は苦労するかも知れないね」

と、十津川は、いった。

「でも、旅館の主人夫婦は、小田さんが気に入っているし、肝心の娘さんも、小田さんを愛しているんなら大丈夫よ。愛さえあれば、どんな障害だって、乗り越えられるわ。私たちが、そうだったみたいにね」

直子が、笑顔で、いった。

「私たち——？」

「何をびっくりしてるの？」

「私と君の間には、何の障害もなかったんじゃなかったのかね？」

十津川が、きくと、直子は笑って、

「呑気《のんき》な人ねえ。私は何もいわなかったけど、大阪の叔母《おば》さんが、結婚に大反対だったのよ。刑事なんかと結婚したって、うまくいく筈がないって」

「知らなかったな」

「あなたは、何でも、他人《ひと》のいうことを信じてしまうから。叔母が、あなたに私たちの結婚に大賛成だといったら、素直に信じてしまったんでしょう？」

「ああ。信じたよ。今までずっと信じていたね。犯罪ではまず疑ってかかるから、日常生活くらいは、信じたいんだよ」

と、十津川は、いった。

「だから、叔母がよくいうわ」

「何だって？」

「十津川さんは、優秀な刑事さんかも知れないが、普段の生活じゃあ、甘いおじさんねですって。だから、いってやったわ。私は、それに惚れたんだって」

「君にお礼をいったらいいのかね」

十津川は、苦笑した。直子の言葉は、当たっていて、痛いところを突いていると思ったからである。事件の捜査に当たる時は、関係者の証言は、一応、疑ってかかる。それなのに、というべきか、それだからというべきか、普通の生活では、簡単に相手の言葉を信じてしまう。それをよく直子にいわれるのだ。

「時々、あなたがよく生きていられると思うことがあるわ」

と、直子が、いったことがある。

てっきり、危険な事件と取り組んでいるから、そういったと思ったのだが、違っていた。直子は、十津川が、簡単に医者のいうことを信用してしまうと、いったのだった。

「私は、名医だって誤診することがあると、いつも思ってるの。それが、自分を守るコツよ」

と、直子は、いった。

そういわれてみると、十津川は簡単に医者を信用して、誤診され、あわてたことがある。

2

翌日、警視庁に出勤したが、直子の言葉が気になって仕方がなかった。

愛があれば、障害は乗り越えられるわ、と直子はいった。

つまり、直子も、小田の鳥取行きに、何か障害があるのではないかと、思っているのだ。

「カメさんは、どう思っているのかね？」

と、十津川は、亀井に、きいた。

「小田刑事の結婚のことですか？」

「ああ、そうだよ」

「うまくいくんじゃありませんか。彼はまじめだから、旅館の仕事だって、何とか、マスターして、うまくやりますよ。今年の忘年会は皆生の晴海館でやりませんか？　彼も喜びますよ」

亀井は、呑気に、いった。

「実は、昨夜《ゆうべ》、妙な電話がかかってきてね」

と、十津川は、男の声のことを話した。

だが、亀井は、笑って、

「きっと、あの旅館の婿の座を狙っていた男がいて、小田刑事にやきもちを焼いているんでしょう。あそこの娘は、なかなか美人でしたからね」

「性格は、どうなんだ？」

「私には、しっかり者に見えましたよ。まあ、小田刑事は結婚したら尻《しり》に敷かれるでしょうな」

「尻に敷かれるか」

「その方が、うまくいくんじゃありませんか」

と、亀井は、いった。

（そんなものかも知れないし、電話のことは心配のしすぎかな？）

と、十津川は、思った。

ブルートレイン「出雲3号」は、米子に午前九時二一分に着く。

米子から皆生温泉まで、車で二十分もあれば着く。

十津川は、腕時計に眼をやった。

「もう着いている頃だな」

と、十津川がいうと、亀井が、

「小田のことですか？」

「ああ。もう十時を過ぎている」

「ご心配ですか？」

「着いたという連絡がないな」

十津川がいうと、亀井は笑って、

「皆生へ着いたら、もうこちらのことより、彼女のことで頭が一杯ですよ。若いんだから」

「それは、わかっているんだがね」

「ご心配なら、晴海館に電話して、小田が着いたかどうか、聞いてみましょうか？」

「いや、それはやめてくれ。われわれが彼の結婚に反対していると、誤解されかねないからね」

「そうですね」

「――」

「大丈夫ですよ。小田に危険はありませんよ。まあ婿の試験に落第して帰って来たら、優しく迎えてやろうじゃありませんか」

「そうだな」

今度は、十津川が肯《うなず》く番だった。

昼になったが、小田からは何の連絡もなかった。

(多分カメさんのいう通り、小田はみゆきという娘と愛を確かめ合うので、手一杯なのだろう)

と、十津川は、思った。

庁内の食堂で昼食をとっていると、亀井が入ってきた。

亀井は盆にのせた昼食を持って、十津川の前に腰を下ろすと、割り箸《ばし》を割りながら、

「小田が、向こうに着いていません」

と、小声で、いった。

「何だって？」

「今、晴海館に電話してみたら、小田は着いていないというんです」

「しかし、カメさんには電話しない方がいいといっておいた筈《はず》だよ」

「私もそう思ったんですが、何となく不安になりまして、電話してしまいました」

と、亀井は、いった。

これは、嘘だろう。十津川の顔を見ていて、電話してくれたのだ。

「列車が故障でもして、到着がおくれているのかな？」

「そうじゃないかと思って調べてみましたが、列車のおくれは一本もありません」

「と、すると――」

「小田は『出雲3号』に乗らなかったんじゃありませんか？　急用があったのか、それとも東京の土産を買って持って行こうと考えたかして、今日の列車か飛行機にしたんだと思いますがねえ」

と、亀井は、いった。

「しかし、彼は昨日、二一時二〇分発の『出雲3号』に乗ると、私にいっていたんだがねえ」

「彼女が送ってくれた切符ですね」

「そうだよ。小田は、彼女が好きなんだろう？」

「ええ。愛していますよ。だらしないくらいに」

「それなら、その切符を無駄にしたりはしないだろう」

「もう一度、電話してみます」

といって、亀井は立ち上がった。

戻って来ると、亀井は眉《まゆ》をひそめて、

「妙な具合ですよ。彼女にかけて、米子の駅に迎えに行ってくれたのかとききましたら、行ってないというんです。それで、切符のことをいうと、そんな切符は送ってないといっています」

「知らないって？」

「そうなんです」

「しかし、晴海館の封筒に入っていたし、みゆきと書いてあったがねえ」

「じゃあ、彼女以外の人間が、小田に送って来たんでしょうか？」

「かも知れないが――」

十津川は、また、電話の男のことが気になってきた。

（あの男が、小田に送ってきたのだろうか？）

いや、それは考えられない。男は、小田に、皆生へ来るなといっていたからである。

「旅館の誰かが、気を利かせたのかも知れませんね」

と、亀井が、いった。

「と、いうと？」

「あの旅館には、何人も従業員がいます。その中の一人が、気を利かせて、小田に切符を送ったのかも知れません。みゆきが、小田が来ないので、いらいらしているのを見かねてです」

「しかし、その場合でも、みゆきにはあとで話すんじゃないのかね？」

「彼女をびっくりさせたいと思っていれば、黙っていますよ」

「なるほどね」

「とにかく、小田が向こうへ着いてくれれば、万事解決なんですが」

「小田の両親は、千葉だったね？」

「そうです。電話してみましょう」

「心配させないように、話してくれよ」

「わかっています」

亀井は肯いて、また立ち上がり、電話の方へ歩いて行った。

彼は手帳を見て電話していたが、テーブルに戻って来ると、

「小田は、両親にも、昨日の『出雲3号』に乗るといっていたそうです。四、五日、皆生にいてから、みゆきを連れて、千葉の両親のところへ行き、会わせるとも、いっていたそうです」

「両親は、彼女に会ったことはないのか？」

「ないようです。写真は見ていると、いっていましたよ」

と、亀井は、いった。

昼食をすませて、部屋に戻った。

午後二時過ぎに、三鷹《みたか》で、殺人事件が発生した。

マンションの一室で、死後三日を経過したと思われる若い男の死体が、発見されたのである。

死体には、首をロープで絞めた痕《あと》があり、殺人事件とみて、三鷹署に捜査本部が置か

れ、十津川が捜査の指揮に当たることになった。

殺された男の名前は、松本功《まつもといさお》。二十八歳でサラリーマンだった。

容疑は、そのマンションで松本と同棲《どうせい》していた女性に向けられた。管理人や、同じマンションの住人の証言によれば、その女は二十二、三歳で、二人の仲はとても良かったという。

「松本さんは、来月になったら彼女を入籍するつもりだと、嬉《うれ》しそうにいっていたんですがねえ」

と、隣の女性は、いった。

二人が仲良く買い物をしているのを見たという人も多かった。

部屋を探すと、松本と女が一緒に写っている写真が、何枚か見つかった。腕を組んでいたり、松本の肩に彼女が頭をもたせかけていたりする。甘い恋人同士の写真ばかりである。

「わからないものですね。その女が、男を殺してしまうというのは」

と、亀井が、いった。

女の名前がわからないままに、顔写真で手配することになった。

解決は早いだろうと、十津川は思った。この殺人は計画的とは考えられなかったし、犯人の女はあわてて逃げたと思われたからである。

夜になると、女の身元もわかってきた。名前は、平木《ひらき》昌子《まさこ》。もともと松本と同じ会社にいて、彼と親しくなってから会社を辞め、いわゆるフリーターになった。

翌日、十津川は、彼女の実家、友人宅などに、刑事たちを張り込ませることにした。

その手配をすませてほっとしているところへ、小田刑事の母親から、電話が入った。

「敬介のことが心配で、ご迷惑とは思いましたが、お電話いたしました」

と、彼女は遠慮がちに、いった。

「迷惑なんてことは、ありませんよ。小田君から、まだ連絡がありませんか？」

と、十津川は、きいた。

「はい。ぜんぜん、ございません。皆生に着いたら、電話すると、申していたんですけれど」

「こちらにも、連絡はないのですよ」

「皆生の旅館の方へ、電話してみたんですけれど、向こうにも、来ていないと、いわれました」

「そうですか。おかしいですね」

「敬介は、何処へ行ってしまったんでしょうか？」

「二十五日の夜の『出雲3号』の切符を持っていましたから、小田君はそれに乗ったと思っていたんですよ。切符のことは、ご存知でしたか？」

と、十津川は、母親にきいた。

「切符のことは存じませんが、二十五日に東京を発《た》つことは聞いておりました」

「それが変更になったという電話はありませんでしたか?」

「いいえ」

「今、小田君が行きそうなところへ、問い合わせているところです。何かわかれば、すぐ連絡します」

と、十津川は、いった。

「私が皆生へ行くというのは、まずいでしょうか? 向こうの方に、失礼でしょうか?」

「別に構わないと思いますが、向こうが来ていないといっているのに、行っても仕方がないでしょう。どうしても見つからなければ、私が皆生へ行って、探します」

と、十津川は、いった。

彼の友人、知人のところからも、小田は来ていないという返事しか、返ってこなかった。

小田は、消えてしまったのだ。

二十九日になって、小田の両親が捜索願いを出した。

十津川は、本多捜査一課長と三上《みかみ》刑事部長に話し、亀井を連れて皆生温泉へ行ってみることにした。

二十五日に、小田が、皆生行きを中止したという証拠はない。といって、「出雲3号」に乗って米子まで行き、皆生へ向かったという証拠もないのである。

ただ、東京と、千葉の彼の郷里をいくら探しても見つからない以上、皆生温泉へ行ってみるより仕方がなかった。

十津川と亀井は、「出雲3号」に乗ることにした。ただ、個室の切符は売り切れてしまっていたので、B寝台《ツイン》にした。

二一時二〇分。列車が東京駅を出発した。

間もなく、十月。昼間はまだ暑さが残っているが、朝夕は涼しい。というより肌寒いこともある。

十津川たちの入ったBツインのコンパートメントは、最初クーラーがきいていたが、寒くなって、切ってしまった。

東京を出発する前から、小雨が降っていた。そのせいで、気温が下がっているのだろう。

いぜんとして、小田の行方がわからないことが、十津川を眠れなくさせた。

亀井も同じらしい。二人は寝台に腰を下ろし、缶コーヒーを飲んだ。

十津川は、あの事件の時、皆生温泉にも晴海館にも行っていない。旅館の娘のみゆきにも、会っていない。

「カメさんから見て、どんな娘さんなんだ?」

と、十津川は、亀井に聞いた。何回も聞いているのだが、なかなか彼の頭の中で、はっきりした形になって来ない。美しいとか、気丈だとか、生の言葉が、そのまま浮かんで来るだけである。

「前にもいいましたが、私にも正直にいってよくわかっていないのです。何しろ、事件の解決を第一に考えていましたし、連日、殺人犯の佐々木《ささき》と、彼の情婦のあけみを探し廻《まわ》っていましたからね。晴海館の娘さんは、なかなか美人だし、はきはきしている女性だとは思いましたが、それだけしか記憶に残っていません。まあ、小田が別なのは、彼が若かったからでしょうね」

と、亀井が、いった。

「一緒だった西本刑事も若いし、独身だよ」

「そうなんですが、彼には、県警との連絡に米子や鳥取市へ行って貰《もら》っていましたから」

「なるほどね」

「佐々木とあけみを、最初に見つけたのが、小田刑事だったんです。二人を追いつめて、あけみを自殺させたのもです。彼は、よくやりましたよ。それだけに、いつ旅館の娘といい仲になったのか、不思議で仕方がないんですよ。やはり、若いんですかねえ」

「晴海館には、十日間、いたんだったね？」

「そうです」

「皆生温泉には、何軒、ホテルや旅館があったんだったかね？」

「約五十軒です」

「佐々木とあけみが、その中のどの旅館、ホテルに現れるかわからなかったんだから、見張るのが大変だったろう？」

「そうです。あけみは、皆生の生まれで、あの辺りのことをよく知っていましたからね」

「つまり、あけみの知り合いが、皆生には、何人もいたということだね？」

「そうです。そのため、なかなか協力を得られず、困りました」

と、亀井は、いった。

犯罪者は、追い詰められると、たいてい郷里に逃げ込む。十津川は、何度となく、そんな犯人を追って行った。そして、たいてい、痛い目にあった。その土地の人々の非協力的な態度にである。ただ単に非協力ならばまだいいのだが、時には十津川たちに反感を持ち、犯人をかくまったり、逃がしたりするからである。

「それにしても、小田刑事は何処へ消えてしまったんですかね？　辞表を出したので、あとは何をしても自由だと思って、勝手なことをしているんでしょうか？」

亀井が、いった。

「勝手なことって、何だね？」

「皆生の近くは、きれいな松林が海沿いに続いていましてね。サーファーが集まるんです。小田刑事は若いから、もしかしたら晴海館に行かずに、サーフィンでも楽しんでいるのかも知れません」

「そんな男じゃないよ」

と、十津川は、笑った。

京都を出たのが、午前三時五〇分だった。

「少しは寝ておこうか」

と、十津川は、亀井にいった。

九時二一分。米子着。

雨は止み、駅の外には、澄んだ秋の陽が射していた。

皆生温泉行きのバスが出ているが、十津川は待つのが嫌で、タクシーに乗った。一刻も早く晴海館へ行って、小田刑事の消息をつかみたかったのだ。

タクシーは米子の町を出て、まっすぐ皆生に向かう。新しいバイパス工事が進められていた。それに、道路沿いに、やたらに駐車場つきの大きなパチンコ店が出来ている。東北でも見たから、車で行くパチンコ店というのは流行《はやり》なのだろう。

皆生の町に入ると、新しいマンションがいくつも建てられ、道路の拡張工事が行われていた。不景気も、この温泉町までは入って来ない感じだった。

晴海館は、海沿いに並ぶ旅館の一軒だった。

事件の時、亀井、西本、小田の三人が泊まっていた部屋を用意して貰った。

海に面した窓のカーテンを開ける。陽に輝く日本海が、眼の前に広がっていた。

旅館から波打ち際まで、五、六十メートルといったところだろう。芝生が植えられ、泊まり客らしい五、六人が、ゆかた姿で散歩をしているのが見えた。

波打ち際には、浸食を防ぐためのテトラポッドが並べられているのだが、面白いことに一ヵ所だけ無いところがあり、そこから海水が入って来て、半円形のプールを作っていた。

海沿いに並ぶ旅館が、全て同じ形のプールを作っていた。海水が入ってくるので、一緒に魚も入ってくるのか、釣りをしている人の姿も見えた。

「いい眺めだね」

と、十津川は、いった。

「ここに泊まって、六日目でしたかね、小田刑事が、この下を歩いているあけみを見つけたんですよ」

と、亀井が、いった。

ドアがノックされて、和服姿の若い女が顔を出した。
二十五、六歳だろう。
「みゆきさんです」

と、亀井が小声で、十津川にいった。

「みゆきでございます」

と、彼女が丁寧に頭を下げ、晴海館の名前の入った名刺をくれた。

十津川は、自己紹介してから、

「小田君は、まだ、来ていないようですね」

「はい。お見えになっていません」

と、みゆきは、落ち着いた声でいった。

「彼は、あなたから、九月二十五日の『出雲3号』の切符が届いたといい喜んでいたんですが、あなたは送っていないんですか？」

「はい。送っていませんわ。そんなことをすると、強制するみたいになって、かえって小田さんに失礼かと思いまして」

「なるほど。しかし、二十六日に小田君が来ることはご存知でしたか？」

と、十津川は、きいた。

「いいえ」

「小田君とは、全く連絡がなかったんですか？」

「一度、電話を下さいました。確か二十日頃だったと思いますけど」

「その時、どんな話をしたんですか？」

「最近のテレビの話とか、普通の話をしましたわ」

と、みゆきは、いう。

「結婚の話は、なさらなかったんですか？」

「ああ、その話は、私より両親が熱心なんですわ。両親は、小田さんがひどく気に入ってしまって、こんな人がうちの婿に来てくれたらいいのにと、いっているんですよ」

「あなたは、どうなんですか？」

と、十津川は、みゆきを見た。

「私——ですか？」

と、みゆきは、きき返してから、

「私は、古風な女ですから、両親が気に入った方ならと、思ってはいますけど」

と、いった。

みゆきが出て行くと、十津川は、眉《まゆ》を寄せた。

「ちょっと、話が違うねえ」

「私も、それを感じました。私はてっきり、本人同士も惚《ほ》れ合っているんだと思っていたんですが、小田に惚れ込んだのは、ここの主人夫婦で、娘のみゆきは、両親に従うというだけの感じだったんですねえ」

「それがわかっていて、小田は、急にここの婿になるのが嫌になり、来るのをやめてしまったのかな？」

「それなら、また、刑事生活に戻るんじゃありませんか？　あの男には、刑事以外の生活は、似合いませんよ」

と、亀井は、いった。

「確かに、そうだねえ」

「小田刑事が受け取った『出雲3号』の切符ですが、彼女の両親が、送ったんじゃないでしょうか？」

と、亀井はいった。

「そうか。小田をすっかり気に入った両親は、娘があまり乗り気にならないので、強引に話を進めようと、娘の名前で切符を送ったということか」

「可能性は、ありますよ」

「そうだねえ」

「小田は切符を貰《もら》ったので、喜び勇んで、ここにやって来た。ところが、肝心のみゆきが、あまり熱がないことに気がついた。小田は、純粋ですからね。今度の話に、急に嫌気がさした。といって、私たちに報告するのも照れ臭い。そこで、ひとりで何処かに、旅行しているんじゃありませんか。気分が落ちついたら、私たちの前に現れて、ふられました、と笑って見せるんじゃゃないですかねえ」

と、亀井は、いった。

「そうなら、いいんだが」

と、十津川は、いった。

昼食は、外に出てとることにした。ラーメン店を見つけて、二人は中に入り、ラーメンの大盛りを注文した。腹がすいていた。考えたら、朝食を食べていなかったのだ。

食事がすむと、十津川は、

「少し、歩こう」

と、亀井に、いった。

皆生温泉から、日本海と中海《なかうみ》を分ける半島が延びている。

その日本海側は、砂浜が続き、約二十キロにわたって、延々と松林が続いていた。

二人は、道路沿いに、松林を右に見ながら歩いて行った。

松林の中に、車がとめられ、テントが張られているのは、サーフィンに来た若者たちらしい。

「小田が、結局、あの娘にふられたんだとすると、可哀そうですね」

と、歩きながら、亀井がいった。

「可哀そうだが、警察にとっては、いい話だよ。彼が捜査一課に、戻ってくれるわけだからね」

と、十津川は、いった。

松林が途切れて、小さな駐車場があった。
五、六台の車がとまっている。若い男女が、車の傍で、サーフボードを組み立てていた。
砂浜に出て、じっと、沖を見つめている若者もいた。大きな波がくるのを、待っているのだろう。

この辺りも、海の浸食が激しいらしく、ところどころに、テトラポッドが並んでいた。

なかなか適当な波が来ないのか、砂浜に腰を下ろした若者はじっと動かない。いらいらと砂浜を歩き廻《まわ》っている青年もいる。

十津川は、ヨットをやったことはあるが、サーフィンは、経験はない。

ただ、海はなつかしい。亀井と二人、しばらく、海を眺めていた。

突然、女の叫び声が、起きた。

砂浜を散歩していたカップルが、テトラポッドの近くで、大声で何か叫んでいるのだ。

「人が死んでるぞ！」

と、男の方が、叫ぶのが聞こえた。

十津川と亀井は、反射的に、砂浜を駆け出した。

近くに行くと、テトラポッドは、大きい。波が、テトラポッドに当たって砕けている。

そのテトラポッドの一つに、人間は、からみついていた。背広姿の若い男だった。波が来るたびに、男の身体は、テトラポッドにぶつかった。

「小田ですよ」

と、亀井が青い顔で、十津川に、いった。

その声が、かすれていた。

3

何秒間か、十津川は声を失って、波に上下する小田の死体を見つめていた。

サーフボードを組み立てていた若者たちも集まってくる。十津川は、彼らに向かって、

警察手帳を見せ、

「誰か、警察に連絡してくれ！」

と、大声で、いった。

しばらくして、県警のパトカーが二台到着した。

小田の死体は引き揚げられ、米子警察署に運ばれることになった。もちろん、十津川も亀井も、それに同行した。

米子警察署では、水野《みずの》という若い警部が、応対した。

「一応、司法解剖することにしたいと思います。後頭部に裂傷があり、殺人の可能性もありますから」

と、水野はいった。

「そうして下さい」

「まあ、後頭部の裂傷は、テトラポッドにぶつかった時に出来たかも知れないので、必ずしも他殺の証拠にはなりませんが」

と、水野は、続けた。

十津川と亀井は、皆生の晴海館に戻って、その結果を待つことにした。

午後六時になって、水野警部が電話してきた。

「やはり、他殺ですね。肺の中にはわずかな海水しか入ってなかったようで、後頭部を殴られてから、海に沈められたとみていいと思いますね」

と、水野は、いった。

「それで、亡くなったのは、いつですか？」

「死亡推定時刻は、九月二十六日の午後二時から四時の間ということです」

「二十六日の午後ですか？」

「そうです」

「後頭部以外に、外傷はありませんか？」

と、十津川は、きいた。

「手足にかすり傷がありますが、それはテトラポッドにぶつかった時に出来たものだと思います。それから、十津川さんにお聞きしたいことがあるのですが」

「こちらへ来て下されば、何でも答えますよ」

と、十津川は、いった。

水野が、パトカーを飛ばしてやって来た。十津川と亀井は、五階の客室で水野に会い、小田とこの晴海館の関係を話した。

水野は、肯《うなず》いて、

「ああ、あの事件がきっかけですか」

「そうなんです。ここの娘さんに、というより両親の方に気に入られて、婿の話が出来て、二十六日に来たことになっていたんですよ。ところが、娘さんは、来ていないというので、どうなっているのか心配していたんです」

と、十津川は、いった。

「その小田刑事が、なぜ、あの辺で死んでいたんでしょう?」

「わかりませんね」

十津川は、溜息《ためいき》をついた。

わかったのは、九月二十六日には、小田はやはり皆生温泉に来ていたということである。正確にいえば、皆生の近くの弓ヶ浜《ゆみがはま》という海岸にである。

小田は、この晴海館に寄ったあと、あの海岸に行ったのだろうか? それとも、ここには寄らず、まっすぐあの海岸へ行き、殺されたのか?

水野警部は、帰りしなに、明日、小田の両親が来るといった。

そのあと、十津川と亀井は、晴海館の女将《おかみ》に会った。もちろん彼女も、小田の死体が、弓ヶ浜で見つかったことは、もう知っていて、暗い表情になっていた。

「どうしてこんなことになってしまったのか、いくら考えてもわかりません」

と、女将の春江《はるえ》は、いった。

「小田君は、二十六日に着いているんですが、この日にお会いになっていませんか?」

十津川は、きいた。

「お会いしていれば、こんなことにはなっていませんわ」

と、春江は、怒ったような声でいった。

「小田君は、みゆきさんから、二十五日発の『出雲3号』の切符を送られて、喜んでこの列車に乗ったと思われるのです。ところが、みゆきさんに聞きましたところ、彼女は切符なんか送っていないというのです。ひょっとすると、ご両親が送られたんじゃないかと思ったんですが、違いますか？」

「『出雲3号』の切符ですか？」

「ええ」

「そういうものは、送っていませんわ」

春江は、不思議そうに、いった。

「じゃあ、誰が、送ったんでしょうか？」

「さあ。私にもわかりませんけれど」

と、春江は、いう。

「小田君を婿に欲しいと思われたのは、本当ですね？」

「ええ。小田さんは誠実な方で、私どものようなところには、婿としていいなとは思っておりましたわ」

「肝心のみゆきさんは、どう思っているんでしょうか？　それほど強く、小田君のことを望んでいなかったようにも思えるんですが」

と、十津川は、きいた。

春江は、心外だというように、眉《まゆ》をひそめて、

「そんなことは、ないと思いますよ。あの娘《こ》だって、小田さんが気に入っていたし、婿

に来て貰《もら》うことに、反対じゃありませんでしたもの」

「そうですか」

「本当に、残念ですわ。あんなことになってしまって」

春江は、同じ言葉を繰り返した。だが十津川は、どこか、相手の言葉に冷たさを感じた。

(何か変だな)

と、十津川は、思った。それがなぜなのかわからないので、なおさら十津川はいらだちを覚えた。

県警の水野警部が下に来ていると、従業員がいいに来て、春江は部屋を出て行った。

十津川は、ぼんやりした不満を抱いたまま、窓の外に眼をやった。

亀井も、同じようないらだちを感じたとみえて、十津川と並んで、海に眼をやりながら、

「どうなってるんですかねえ」

と、小声で、いった。

「カメさんも、不満かね？」

「みゆきという娘にもですが、今の母親にも、何か冷たさを感じるんですよ。言葉は柔らかだし、婿に望んでいたとはいっていますが、なぜか冷たい感じがして仕方がないんです」

「そうなんだよ。小田刑事は、本当は、望まれていなかったのではないか。そんな気がして仕方がない」

「小田本人は、どう感じていたんでしょうか？」

「彼は、送られて来た『出雲3号』の切符を、娘のみゆきがくれたものと思い込んでいたようだからね。喜んで、『出雲3号』に乗ったと思うよ」

と、十津川は、いった。

「ちょっと、ここの従業員に会って来ます」

亀井は、そういうと、部屋を出て行った。

十津川は、煙草に火をつけた。下に眼をやると、旅館の前の芝生のところに、春江と水野警部が出て来て、海を見ながら、何か話しているのが見えた。今度の事件について、水野が訊問《じんもん》しているのだろう。

ふと、水野が眼をあげ、十津川に気付くと、手で、あがって行きますと合図した。それに対して、十津川は、自分の方から降りて行くといって、部屋を出た。

十津川が下におりると、春江は姿を消していた。

十津川は海辺に出て、水野と肩を並べた。強い陽射しだが、海から吹きつけてくる風は冷たかった。

「ここの女将さんも、娘さんも、本当に悲しんでいますねえ。こんないい方はいけないのかも知れませんが、小田さんも、もって瞑《めい》すべきじゃないかと思いましたよ」

と、水野は、いった。

（ちょっと、違うんじゃないのか）

と、十津川は思いながら、

「そうですか」

と、あいまいに肯いた。水野は、足元にあった小石を海に向かって投げてから、

「小田さんは、暴走族に殺されたのではないかと、思いますね」

「暴走族？」

「ええ。弓ヶ浜は、サーファーが集まりますが、暴走族もやって来て、時々ケンカが起きます。特に、都会からやって来た暴走族がね。小田さんは多分、正義感にあふれていた人だと思います。だから、弓ヶ浜で、たまたま傍若無人に振るまっている暴走族を見て、注意したんじゃありませんか。それで、ケンカになった。連中は、数でかかって来ますからね。スパナか何かで殴られ、海に放り込まれてしまったんじゃないか」

「前にも、そんなことがあったんですか？」

「ありました。大阪からやって来た暴走族が、観光に来た若いカップルを、痛めつけましてね。全治一ヵ月の重傷を負わせたことがあります。ただ、仲良くしているのが面白くなくて、殴りつけたわけですよ。先月起きた事件で、大阪府警と協力して、犯人は逮捕しました。今回も、二十六日に、弓ヶ浜に来ていた暴走族がいなかったかどうか、調べようと思っています」

水野は、自信満々に、いった。その考えに対して、十津川は、賛成とも反対ともいわなかった。

亀井が、十津川を探して、やって来たので、水野と別れて、彼と部屋に戻った。

「どうだった？」

と、十津川がきくと、亀井は少しばかり疲れた表情で、

「みんな口が重いですよ。ほとんど喋《しゃべ》ってくれませんね。ここの従業員は長く働いている人間が多いらしく、少しでもあの女将さんや娘さんを傷つけるような話題になると、黙ってしまうんですよ」

「二十六日に、小田君が、ここへ来たかどうかということは？」

「みんな、彼を見ていないと、いっています」

「本当かな？」

「そうですねえ。わかりませんが、いくら聞いても、同じ答えしか戻って来ないと思いますね」

と、亀井は、いった。

「そうか」

と、肯《うなず》き、十津川はしばらく考えていたが、

「今日、チェック・アウトしよう」

「東京に戻るんですか？」

「いや、他の旅館に行く。カメさんのいう通りなら、ここでは真実に近づけそうもないからね」

と、十津川はいい、その考えをすぐ、実行した。

二人が移ったのは、百メートルほど離れた旅館で、東京の普通のサラリーマンということにして、部屋をとった。

次に十津川は、コンパニオンを二人、呼んで貰った。亀井は、小田が死んだ時なので、まずいんじゃありませんかと、眉をひそめたが、十津川は、今回は、亀井の意見を無視した。

夕食の時に、二十代の若いコンパニオンが、二人やって来た。

亀井は、難しい顔をしているが、十津川は、彼女たちとビールを飲み、焼酎《しょうちゅう》が美味《うま》いといえば、それを持って来させた。十津川にしては珍しく、下品な冗談をいい、酔っ払った。

「カメさんも、飲めよ」

と、十津川がいうと、二人のコンパニオンは、面白がって、

「この人、カメさんていうの?」

「ああ、もしもしカメよのカメさんだ」

「お客さんは?」

「もちろん、おれは太郎だよ。浦島太郎の太郎だ」

「カメさんに、浦島太郎？」

「ああ。おれは、この年齢《とし》でまだ独身でね」

「女に興味がないの？」

「興味がなきゃあ、あんたたちを呼んだりしないだろう」

「そりゃあ、そうね」

「実は、晴海館で、婿を探してるって聞いたんで、売り込みに行ったんだ。あのくらいの旅館の婿になりゃあ、それこそ、遊んで暮らせるからなあ」

十津川がいうと、二人のコンパニオンは、眼を大きくして、十津川を見つめた。

「断られたんでしょう？」

と、コンパニオンのひとりが、きいた。

「見事に振られたよ」

「そうだと思ったわ」

と、彼女が、笑った。

「どうして駄目だったのか、いまだにわからんよ。おれは、正真正銘の独り者だし、大学も出ているし、頭だって悪くないと思ってる。年齢かねえ。おれは四十だが、最近は、ふた廻《まわ》りくらい離れた結婚だって、うまくいってるのに」

「そんなことじゃないわねえ」

と、コンパニオンは、思わせぶりにいった。

「わかってるんなら、教えてくれよ。もう一度、トライしてみるからさ」

と、十津川は、いった。

相手は、仲間のコンパニオンに眼をやって、

「彼女に聞くと、教えてくれるわよ。晴海館の娘さんと、高校が一緒だから」

「ホント？」

「ええ」

「君の名前は？」

と、十津川は、そのコンパニオンに眼をやった。

「アキです」

と、彼女が、いう。

「アキちゃんか。あそこの娘は確か、みゆきさんだったね」

「ええ」

「彼女だって、年頃なんだから、本気で婿さんを探してるんだろう？」

「ええ」

「それなのに、なぜ、おれを断ったのかな。おれより、もっといい男で、もっと若くて、もっと背が高かったら良かったのかねえ。教えてくれないか」

と、十津川はいった。

十津川は、返事も、冗談めいたものが返ってくるのではないかと思っていたのだが、

アキは意外にまじめな顔で、

「あの事件があったあとでは、お客さんじゃなくても、無理だわ」

と、いった。

「あの事件って、弓ヶ浜で、東京の青年が死んでいたことかい？」

十津川は、てっきり小田のことをいっているのだろうと思って、そうきいたのだが、
アキは、

「弓ヶ浜のって、ああ、テレビのニュースでやってた事件ね」

と、あまり関心のないいい方をした。

「それじゃないの？」

亀井が、きいた。

「決まってるじゃないの」

「じゃあ、何の事件のことをいってるんだ？」

「大変な事件があったのよ、この皆生で。東京から殺人犯が逃げて来て、男と女のカップルだったんだけど、女の方が、ここで死んだのよ。ああ、お客さんがたは東京の人だから、知らないのかな」

「それなら、新聞で読んだよ。確か、男の方は東京まで逃げて、捕まったんだったね」

十津川は、とぼけて、いった。

「そうよ。その事件よ」

「しかし、それと、晴海館の婿話と、どんな関係があるんだ?」

「犯人の女はね、晴海館の前の海辺で死んでいたのよ」

「そうらしいね」

「なぜ、そんなところで死んでいたか、わかる?」

「さあね。たまたまじゃないの」

十津川は、アキの話に興味津々だったが、わざとそっけない反応の示し方をした。

アキは案の定、むきになった感じで、

「たまたまって考えるなんて、頭が悪いわよ」

「どう、頭が悪いんだね」

「私ね、彼女の死体があそこに浮かんでたってことに、すごい怨念《おんねん》みたいなものを感じるのよ」

と、アキというコンパニオンは、いった。

「怨念って、まるでオカルトだねえ」

「怨念が悪ければ、女の執念でもいいわ」

「どうもよくわからないんだが、死んだ女は晴海館に恨みを持っていたのかね?」

十津川がきくと、アキは、急に、引いたような表情になって、

「さあ、どうかしら」

「ひょっとすると、君は、死んだ女と高校が同じだったんじゃないのか? クラスメイ

いのか？」

トだから、彼女のことをよく知っていて、怨念だとか、執念だとか、いってるんじゃな
「彼女は、私より年上よ」

「そうなのか」

「でも、彼女のことを、よく知ってたわ。家が近くだったから」

「なるほどね。じゃあ、彼女が、ここへ男と逃げて来てから、君は、一度くらい会った
んじゃないの？　何か、そんな感じだからな」

「ええ。一度、会ってるわ。死ぬ直前にね」

「その時、どんな話をしたの？」

と、十津川は、きいた。

「皆生には、来たくなかったって、いってたわ。だから、いってやったのよ。それなら、
早く、逃げなさいって。警察には、何もいわないからって」

アキは、暗い顔で、いった。

「ちょっと待ってくれよ。新聞で読んだんだが、彼女が、皆生の生まれだから、男とこ
の皆生に逃げて来たとなっていたがね。来たくなかったというのは、どういうことなん
だ？」

と、十津川は、きいた。

アキは、小さく、首をすくめて、

「あけみさんの両親は、もう亡くなってるし、親戚《しんせき》だって、ここには住んでないわ。それにね、彼女、高校を出たあと、ここで働いてたんだけど、お金を盗んだっていわれて、警察に捕まったのよ。結局、証拠がなくて、すぐ釈放されたんだけど、そのあと東京へ出て行ったのよ。そんな嫌な思い出しかない皆生に、男を連れて戻りたいと思う筈《はず》がないじゃないの」

と、いった。

「しかし、戻って来たんだ」

「ええ。それで、死んじゃったのよ」

「君は、いろいろ、事件の裏を知ってるみたいだね。聞かせてくれないか」

「それはね――」

と、アキがいいかけた時、連れのコンパニオンが、

「アキちゃん。そんな話はしない方がいいわよ。仕事がしにくくなるから」

「そうね」

アキは、急に、口をつぐんでしまった。

十津川は、亀井と、顔を見合せた。自分が刑事と名乗ったら、アキの口は、ますます重くなってしまうだろう。

（どうしたものか？）

と、十津川は、考えてから、

「ビールをもう少し欲しいな」

と、片方のコンパニオンに、いった。彼女がビールを取りに行って、アキがひとりになったら、何とかして話の続きを聞くつもりだったのだが、そのアキが、

「私が、取ってくる」

といって、部屋を出て行ってしまった。

十津川は、財布をつかんで、彼女を追いかけた。

廊下で追いつくと、彼女の手に二万円握らせて、

「あとでもいいから、さっきの話の続きを聞かせてくれよ」

「お客さんは、週刊誌の人か何か？」

「いや。そうじゃない」

「それなら、なぜ、やたらに晴海館のことを聞きたがるの？」

「それはだね、おれが、婿になりたかったのに——」

と、十津川が、いいかけると、アキは笑って、

「嘘ね」

「わかるか？」

「お客さんが、ひとり者には見えないもの。落ち着いてるわ」

「実は、おれの弟が、晴海館の娘さんに惚《ほ》れてしまってね。どうしても結婚したいというんで、彼女のことを調べに来たんだ」

と、十津川は、いった。

「そうなの」

「みゆきという娘さんのことは、君は高校が一緒だったから、よく知ってるんだろう？」

「知ってるわ。でも、高校が一緒だったからじゃないわ。コンパニオンになって、いろいろ苦労したし、晴海館にも呼ばれて行くようになったからだわ」

「それで、みゆきさんという人は、君が見て、どういう女性なんだ？　美人で、しっかり者に見えるんだが」

「そうね。ただ、彼女は怖い人よ」

アキは、真顔で、いった。

「怖いの？　そんな風には、見えないがね」

「そうね。大きな旅館のひとり娘だし、東京の大学を出てるし、美人だしね。でも、私なんかより、ずっと、怖いわよ」

「その辺のことを、もっと詳しく聞かせて欲しいんだが」

「今夜は駄目。沢山チップを貰《もら》ったから、明日ならいいわ」

「どこで会える？」

「うちのクラブは、米子駅の傍にあるの」

と、アキはいい、名刺をくれた。それに、クラブの電話番号ものっていた。

「昼過ぎに電話して。クラブの近くに、コーヒーのおいしいお店があるの。そこで、会うわ」

と、アキは、いった。

4

翌日の昼過ぎ、十津川はひとりで、タクシーで米子駅に行き、名刺の番号に電話をかけた。

電話に、女の声が出た。が、アキは、まだ来ていないという。

「いつもは、何時頃に見えてるんですか？」

と、十津川は、きいてみた。

「いつもは、もう、顔を出しているんですけどねえ。今日は、遅いわ」

と、相手は、いう。十津川は、小田のことがあるので、急に不安になってきた。

「彼女と会う約束をしていたんですよ。住所、教えてくれませんか？」

と、十津川がいうと、自宅の電話番号を教えてくれた。十津川は、すぐ、そこにかけてみた。が、こちらも、応答がない。

十津川が、彼女の自宅マンションを訪ねてみようと歩きかけたとき、パトカーが突然、彼の横に来て、とまった。

「十津川さん」

と、大声で呼ばれて、振り向くと、県警の水野警部がパトカーのリアシートから、こちらを見ていた。

「また、皆生で、死人ですよ。今度は、ここのコンパニオンです」

水野の言葉で、十津川の表情が変わった。

「何ていうコンパニオンですか？」

「アキです。本名は、森川紀子《もりかわのりこ》です。一緒に、皆生へ行きませんか」

「乗せて下さい」

と、十津川は、いった。

パトカーの中で、水野が、アキの死体は弓ヶ浜の松林の中で発見されたと教えてくれた。

現場に着くと、十津川も水野のあとに続いて、松林の中に入って行った。

潮の匂いが吹きつけてくる。アキの死体は、松の根元に横たわっていた。

発見者は、車でキャンプに来た四人の若者たちだった。

アキは、昨夜見たユニフォーム姿で、俯《うつぶ》せに倒れている。首には、ロープが巻きついていた。

明らかに、殺されたのだ。

(やられたな)

と、十津川は、思った。まだ、殺人の動機はわからない。が、十津川は、犯人が彼女の口を封じたとしか思えなかった。

十津川は、アキの死体が運ばれて行くのを見送ってから、亀井のところに戻った。

十津川は、アキが殺されたことを、亀井に知らせた。

二人は旅館を出て、海岸を歩きながら、アキの死について話し合った。今日も、日本海は穏やかだった。

「小田刑事の死も、アキの死も、例の事件とつながっているような気がするね」

と、ゆっくり歩きながら、十津川はいった。

「それに、晴海館も——ですか?」

「殺されたアキは、妙なことをいってたね。それが、ずっと気になっていたんだ。彼女は、こういっていた。例の強盗の女の方は、確かに皆生の生まれだが、家族も親戚もいないし、嫌な思い出しかないから、皆生に来たいと思う筈がないと」

「そうだとすると、佐々木とあけみは、なぜ皆生に逃げたんですかね? 男の佐々木が、この皆生か、この近くの生まれなんでしょうか?」

「いや、佐々木の郷里は、神奈川県の平塚《ひらつか》だよ」

「そうでしたね」

「それなのに、なぜ、二人は皆生へ逃げ込んだのか?」

「佐々木が、以前、皆生温泉に行ったことがあったということですかねえ?」

「そのくらいのことで、逃げ込むだろうか? もっと、皆生に行きたいわけがあったたんだと思うね」

と、十津川は、いった。

「しかし、どんな理由が？」

「それなんだがねえ――」

「今、佐々木は東京拘置所です。会って、問い詰めますか？」

「いや、奴は、捕まってからも、奪った金を何処に隠したかいわないでいる。犯行についても、黙秘だ。そんな彼が、話すとは考えられないよ」

と、十津川は、いった。

「そうかも知れません」

「佐々木は、女に会いに、皆生に来たんじゃないかね？」

と、十津川は、いった。

「警部。佐々木には、あけみという女が一緒でしたよ」

「ああ、そうだ。だが、佐々木が本当に好きな女は、他にいた。この皆生温泉にいた。だから、やってきた。あけみは来たくなかったが、佐々木と別れるのが嫌で、ついてきた」

「例えば晴海館の娘のみゆきですか？」

「そうだよ。カメさんたちは、佐々木とあけみを追って、皆生へ来て晴海館へ泊まり込んだ。だが、なかなか、二人が見つからなかった。そして六日目に、あけみを小田刑事が発見した」

「そうです。晴海館の前の海岸を歩いているあけみを、小田刑事が部屋の中から見つけたんですよ」

と、亀井はいってから、急に眉《まゆ》を寄せて、

「なぜ、あの時、彼女はあんな所を歩いていたんだろう？　まるで、見つけてくれと、いわんばかりに」

「佐々木が、本当は、晴海館のみゆきを愛していた。それを知って、あけみは嫉妬《しっと》にかられて、晴海館をのぞきに来たんじゃないかね？　ひとり娘のみゆきを見に」

「なるほど。しかし、佐々木とみゆきが、どうやって知り合ったのか、わかりませんね。警部は、佐々木が皆生に遊びに来たことはないだろうといわれましたが、それなら何処で？」

「カメさんは、なぜ、皆生にこだわるんだ。二人が東京で会っていた可能性もあるんだ」

「東京で――？」

「みゆきは、東京の大学へ行ってる」

「ああ、そうなんだ」

「佐々木の方は、東京に住んでいた。二人が知り合って愛し合うチャンスは、いくらでもあった筈《はず》だよ」

と、十津川は、いった。

「確かに、そうですね。今になって考えると、おかしいと思うことが、まだありますね。女のあけみが海で溺死《できし》し、男の佐々木はまんまと皆生から逃げてしまった。なぜ佐々木が、うまく逃げられたのか？　あの時、皆生の周辺に、非常線を張っていたんですからねえ」

「みゆきが、逃亡に一役買っていたと考えれば、可能だったんじゃないかね？」

と、十津川は、いった。

「そうですね。あの時は、私も小田刑事も晴海館に泊まっていて、主人夫婦も娘のみゆきも協力的に見えましたから、まさか彼女が佐々木と関係があるなんて、考えもしませんでした」

「当然だよ」

と、十津川はいい、足を止め、砂浜に腰を下ろした。

この辺りにもテトラポッドが並び、小さな波が打ち寄せている。

十津川は、嫌でも、テトラポッドを抱くようにして死んでいた小田刑事のことを、思い出した。

十津川は、海に眼をやったまま、ポケットから煙草を取り出してくわえた。

「何を考えておられるんですか？」

と、亀井が横に腰を下ろして、十津川にきいた。

「小田刑事のことだよ。われわれの考えが正しくて、みゆきと佐々木が今でも愛し合っているとしよう。そうだとしたら、小田刑事の立場は、どうなるんだ？　婿の話は、いったい何なのだろう？」

「そうですね。みゆきの両親が、娘と佐々木のことを知らずに、小田刑事に婿の話を持ち出したというのはあり得ると思いますが、みゆきまでその話に乗っているというのは奇妙ですね」

と、亀井は首をかしげた。

「小田刑事の役目は、目くらましだったんじゃないだろうか？」

「目くらましといいますと？」

「偽装だよ。晴海館のひとり娘が、強盗殺人犯を愛していたなんてことが公になったら、信用は失われるし、商売に差しつかえる。そうなっては困るので、警察に協力しているように見せかけた。捜査員のひとりが誠実そうなので、ひとり娘の婿に欲しいといえば、誰も疑う者はいないだろうからね」

と、十津川は、いった。

「小田刑事は、利用されたということですか？」

「そうでないことを祈りたいんだがね。もし婿の話が本当なら、彼があんな無残な殺され方はしない筈だ」

と、十津川は、いった。

「しかし、警部。もし婿の話が嘘だったとしても、なぜ小田刑事は殺されたんでしょうか？」

と、亀井が、きいた。

「それが、わからないんだ」

十津川は、海を見すえた。亀井は肯《うなず》いて、

「本当に、わかりませんね。晴海館の主人夫婦や娘が、偽装で小田刑事を利用したとしても、問題の事件が片付いた今、彼を殺す必要はないわけです。ただ、縁がなかったといって、突き放せばいいわけですよ。そうなれば、小田刑事だって、照れ笑いしながら、東京に帰って来たと思います。なぜ、そうならなかったんですかね」

「小田刑事だがねえ」

「はい」

「われわれが考えていた以上のことを考えて、皆生へ来たんじゃなかったのかね」

と、十津川は、いった。

「『出雲3号』の切符を送られて、ウハウハしながら出かけたのじゃないということですか？」

「彼は、誠実な男だった。同時に、物事を深く考える男だったよ。だから私は、彼を信用していたんだ」

「そう考えると、確かに、旅館の婿になれるということで、ただ喜んでいたということはなかったのかも知れませんね」

「彼は、当事者だったんだ。婿の話が本気かどうか、うすうすわかっていたんじゃないかな」

「しかし、彼は辞表を出して、皆生へ来たんでした。それを表面的に考えれば、晴海館の婿になれるのだから、もう警察には未練がないというように、受け取れますがねえ」

「私も、最初はそう思っていたよ。だが、それだけだったら、こちらへ来て結婚を断られても、ショックを受けるだけで、殺されることはなかった筈だ」

「しかし、なぜ、辞職願いを警部に渡したんでしょうか？」

と、亀井が、きく。

「小田刑事は、婿話がうさん臭いと感じていただけじゃなく、事件そのものにも疑いを持っていたのかも知れないな。あけみがなぜ晴海館に興味を持っていたのか、なぜ近くの海で死んでいたのか、そして男の佐々木だけがなぜ非常線を抜けて逃げられたのか、そうしたことに、小田刑事は疑問を持ったんじゃないかね」

「しかし、事件は一応解決しているわけですが」

「だから、小田刑事は辞表を出して、出かけたのかも知れないな」

と、十津川は、いった。

あの事件は、警視庁と鳥取県警との合同捜査だった。したがって、警視庁が勝手に、終わってしまったこの事件を調べ直すわけにはいかない。小田はそれを考え、ひとりの私人になって、もう一度調べ直そうとしたのではないだろうか？

それも、晴海館の婿になれることに、喜び勇んで皆生に出かけて行くことにしてである。

十津川は、東京に電話をかけ、西本刑事に二つのことをまず頼んだ。一つは、東京拘置所にいる佐々木への面会である。

「晴海館のみゆきとの関係を聞いてみてくれ。多分、佐々木は否定するだろうが、その時の反応を見たいんだ」

と、十津川は、いった。

もう一つは、東京での、みゆきと佐々木の間に接点があったかどうかを、調べることだった。

「みゆきは、こちらの高校を出たあと、東京のS大の英文に入っている。四年間を東京で過ごしているわけだから、東京で佐々木を知るチャンスはあったわけだよ」

と、十津川は、いった。

電話での指示をすませてから、十津川は亀井に、

「あの事件のことを、もう一度、聞かせてくれないか。ここでの十日間のことだ。何しろ、私は来ていないのでね」

と、いった。

「あの時、私と西本、それに小田の三人で、佐々木とあけみを追って、この皆生へ来ま

した。あけみがここの生まれなので、二人で逃げ込んでいるのではないかと、考えてでした。佐々木とあけみの組写真を、持っていました。県警にも協力要請をしたんですが、ちょうど、大きな事件を抱えているということで、ほとんど三人でやりましたよ。晴海館に泊まり込んで、三人で手分けして、皆生温泉のホテル、旅館を調べていきましたが、なかなか二人は見つからなかった。二日、三日とたってくると、二人は皆生には来ていないんじゃないかと、思うようになりました。そして六日目に、小田刑事が、晴海館の前の海辺を歩いているあけみを見つけたんです」

「その時のことを、詳しく話してくれないか」

「あの日も、三人で手分けして、佐々木たちを探していました。小田刑事がひとりで晴海館に戻って、五階の部屋で休んでいたとき、窓の下を歩いているあけみを見つけたんです。彼は急いで階下へおりて行ったが、あけみは消えていたそうです。とにかく、それで、佐々木とあけみが、この皆生に来ていることがわかったわけです」

「そのあとは？」

「私たちは、前より一層綿密に、ホテル、旅館を一軒ずつ洗っていきましたよ。ただ小田刑事は、二人が晴海館の近くにいるに違いないといいましてね。その辺りは、彼に委《まか》せました。だから、みゆきとも親しくなったんだろうと、私は思っているんですがね」

「なるほど」

「一つだけ、警部に申しあげなかったことがあります」

「何だい？」

「小田刑事とみゆきが、キスしていたという噂が、流れたことがあるんです」

「ほう」

「夕方、晴海館の前の海辺でです。小田本人に聞いたら、笑って、そんなことはないといっていましたが、今となっては確認のしようがありません」

「君は、その噂は、嘘だと？」

「わかりません。婿の話があってからは、ひょっとすると本当だったかも知れないと思うようにもなりました。あの頃から、二人は親しくなっていたのではないかと」

「そのあとは？」

「必死で探しましたが、佐々木もあけみも見つからないので、これは逃げられたと思いました。あけみが、見つかったと思い、佐々木と逃げたに違いないと」

「だが、逃げてなかった？」

「そうなんです。九日目の夕方、晴海館の近くの松林の中で、泊まり客の老人が倒れているのが見つかりました。聞いてみると、男に殴られたというのです。その男の顔を聞くと、佐々木らしいというので、緊張しました。県警も応援を出してくれたので、非常線を張って貰《もら》いました。翌朝、あけみの死体が、海辺で見つかりました。溺死体《できしたい》で」

「晴海館の前の海だね？」

「そうです」

「だが、佐々木の方は、非常線を突破して逃げてしまった？」

「はい」

「殴られた老人だが、晴海館の泊まり客だったのかね？」

「そうです」

「なぜ、佐々木に殴られたのかね？」

「老人の話では、夕食前にちょっと近くを散歩しようと思い、ゆかたで下駄《げた》をはき、松林の中を歩いていたんだそうです。そうしたら、突然、若い男が現れ、物もいわずに殴ったということでした。それが、佐々木だったわけです」

「なぜ佐々木は、いきなり殴ったんだろう？」

「それは、顔を見られたからでしょう」

「それだけかな？」

　と、十津川は、いった。

「それで、十分じゃありませんか？　佐々木は強盗殺人で追われていたんです。顔を見られたんで、思わず殴って、気絶させたんでしょう」

「しかし、殺さなかった？」

「ええ。殴っておいて、逃げたんです」

「だが、あけみは、翌朝、水死体で海に浮かんでいた。なぜ、すぐ、佐々木と一緒に逃げなかったんだろう？」

「われわれがすぐ非常線を張ったので、逃げられなくなり、彼女は絶望して投身自殺したと、考えました」

「あけみに、外傷はなかったのか？」

「ありましたが、テトラポッドにぶつかった時に出来たということになりました。解剖の結果も、溺死に間違いないということでした」

「県警は、自殺と断定したんだったね？」

「そうです。私も別に、反対する気はありませんでした」

「あけみは、東京のヘルスで働いていて、そこへ遊びに来た佐々木とできた。そして二人で、強盗殺人を働いたんだったな？」

「そうです」

「惚《ほ》れっぽくて、気が強い女だった？」

「そうです。だから、意外にぽっきりと、折れてしまったんじゃないかと思います」

「絶望して、自殺か？」

「ええ」

「松林を散歩していて佐々木に殴られた老人だがね。ゆかたを着て、散歩していたんだったね」

「そうです」

「とすると、そのゆかたは、晴海館のゆかただったわけだね？」

「そうです。私や小田刑事たちも、晴海館のゆかたを着ていましたよ」

と、亀井は、いった。

「老人は晴海館のゆかたを着ていたから、佐々木にいきなり殴られたんじゃないのかね？」

と、十津川が、いった。

「どういうことですか？」

「佐々木が、晴海館のひとり娘のみゆきと、関係があったとする。皆生に来たのも、彼女に会いたかったからだった。佐々木たちがなかなか見つからなかったのは、そのためと考えられる。何も知らないので、カメさんたちは晴海館に泊まり込んで、皆生温泉の中で二人を探した。みゆきが、カメさんたちの行動を佐々木に刻々知らせていたら、見つからないのは当然ということになる」

十津川がいうと、亀井は舌打ちした。

「それが本当なら、バカを見たのは、われわれだったということになりますね」

「老人が殴られた時、佐々木はみゆきと会ってたんじゃないかな。別れて、松林の中を歩いて来て、老人にぶつかった。その老人が晴海館のゆかたを着ていたので、みゆきと会っているところを見られたのかと思い、いきなり殴りつけた」

「証拠はありませんよ」

「その通りだ」

と、十津川は、いった。

5

翌日、西本刑事から、電話が入った。

「東京拘置所で、佐々木に会って来ました」

「みゆきの名前をいった時の反応は、どうだったね？」

「全く知らないといいました。しかし、あれは、知っていますね。みゆきの名前をいった時、表情が動いたし、みゆきという女がどうしたんだと、私に聞きましたからね」

と、西本は、いった。

電話を、日下刑事が、代わって、

「みゆきがS大にいた頃の女友だちを見つけて、話を聞いて来ました。みゆきは、親の仕送りで、優雅な学生生活を送っていたようです。夏休みに、グアムへ行ったりしてです。最終の四年になったとき、みゆきは突然、男と同棲《どうせい》を始めたそうです。男が、彼女のマンションに転がり込んできたということです。女友だちの話だと、背が高くて、ちょっと危険な匂いのする男だったそうです」

「危険な匂いねえ」

「男の名前は、佐々木です」

「やっぱりな」

と、十津川は、肯《うなず》いた。

「みゆきはその男に参っていたようで、車を買ってやったりしていたみたいだと、女友だちはいっています。大学を欠席することも多くなって、とうとう卒業出来なくて、留年してしまったそうです」

「留年か」

「皆生の両親が、おかしいと思って上京して来て、みゆきを叱ったみたいですね。佐々木とはすぐ別れろ、ともいったようです。だが、みゆきは別れないといい、すったもんだがあったと、女友だちはいっています」

「結局どうなったんだ？」

「その直後に、佐々木は酔って新宿のバーでケンカをし、相手をナイフで刺して、重傷を負わせました。それで刑務所に送られて、自然に二人は別れたわけです。みゆきは、皆生に帰った。結局、大学は、四年中退です」

と、日下は、いった。

「そうだ。佐々木には、傷害の前科があったな」

と、十津川は、いった。

十津川は、電話を切ると、亀井に、

「やはり、佐々木とみゆきは関係があったよ。東京で、同棲していたんだ」

「佐々木がここに逃げ込んでいた間は、二人は、俗にいう焼けぼっくいに火がつく関係になっていたんですかね？」

「そう考えた方が、いろいろ、説明がつくね」

と、十津川は、いった。

「これから、どうしますか？　みゆきを、問い詰めますか？」

「問い詰めても、彼女は何もいわないだろう。あの女は、いつもにこやかにしているが、芯《しん》は強そうだからね」

「しかし――」

「もう一度、晴海館へ移ろう」

と、十津川は、いった。

二人は、今の旅館を引き払い、また晴海館へ入った。

夕食の時、みゆきが、若女将《おかみ》として挨拶《あいさつ》に顔を出した。

「刑事さんは、N旅館にいらっしゃったんだそうですね」

と、みゆきは微笑しながら、いった。

「よく知っていますね」

と、十津川は、彼女を見た。

「そりゃあ、同じ皆生温泉の中ですもの。すぐ情報は伝わって来ますわ」

「あの時も、そうだったんですかね」

「あの時？」

みゆきは、首をかしげて、十津川を見た。

「佐々木とあけみという強盗殺人のカップルが、皆生に逃げ込んだ時ですよ」

「ああ、あの時」

「旅館同士の連絡がうまくいっている筈《はず》なのに、あの時はなかなか、この二人の情報が入りませんでした。この亀井刑事たちも、六日間、二人を見つけられなかったんですよ」

「それは、旅館以外のところに、隠れていたからじゃありませんの」

「そうかも知れませんが、旅館の一つが匿《かくま》ったり、わざと逃がしたりしたということも考えられます」

と、十津川は、いった。

みゆきは、小さく肩をすくめて、

「皆生の旅館は、みんな警察には協力していますわ」

「しかし、そんな習慣も、愛し合った男と女なら、平気で破ってしまうんじゃありませんかね」

「何のことでしょう？」

「例えば、ある旅館の娘が、強盗殺人犯の佐々木と愛し合っていて、匿ったり逃げるのに力を貸していたことだって、考えられますからね」

「でも、犯人は、女連れだったんでしょう？」

「だから、恐しいことになった」

「――」

「佐々木の連れのあけみは、死ぬことになったんですよ」

と、十津川がいったとき、部屋のドアを開けて、従業員がみゆきを呼んだ。

「面白いお話でしたけど、失礼いたしますわ」

と、みゆきは笑顔を見せていい、部屋を出て行った。

亀井は、小さな溜息《ためいき》をついた。

「笑っていましたね」

「強い女だよ」

と、十津川は、いった。

「今、警部は、あけみも殺されたみたいないい方をされましたが」

「ああ。私は、殺されたと思っている」

「なぜ、そう思われるんですか？」

「嫉妬《しっと》に狂ったあけみは、佐々木にとって、危険な存在でしかなかった筈だよ。彼女は、晴海館の近くをうろつき、小田刑事に見られている。晴海館で、佐々木とみゆきが会っていると思って、探しに来ていたんだろう」

「だから、佐々木が、足手まといになってきたあけみを、殺したということですか？」

「多分ね。あるいはみゆきが、やったのかも知れない」

「みゆきがですか？」

「女は、浮気した男より、相手の女を憎むものだからね。あけみも、みゆきを脅したのかも知れない。何もかも、ばらしてやるとね。由緒のある旅館のひとり娘が、強盗殺人犯と関係があったとね。そんなことをいわれたら、大変なことになる。それでみゆきは、夜、海辺へ連れていき、あけみを殴っておいて、海に沈めたのかも知れない」

と、十津川は、いった。

「そんな怖い女でしょうか？」

亀井がきいたが、十津川は答えなかった。怖いのか、一途《いちず》なのか、十津川にもわからなかったからである。

十津川は立ち上がって、窓の外に眼をやった。

きれいな夕陽だった。

海辺に、誰かが立っているのが見えた。

(彼女だ)

みゆきが、海を見つめているのだ。彼女はじっと立ちすくむようにして、動かない。

(何を考えているのだろうか？)

と、十津川は、思った。

彼はふいに部屋を出ると、ひとりで階下へおりて行った。

旅館の下駄《げた》を突っかけて、海辺へ出て行き、みゆきの横に並んだ。

「あけみという女が死んでいたのは、この辺りの海岸だったようですね」

と、十津川は、いった。

みゆきは、何の動揺も示さず、

「そうでしたかしら」

「あなたが殺したの？」

「え？」

「この海は、夜になるとどうなるんだろう？　まっ暗になるのかな？」

「今頃は、沖にイカ釣りの舟が並んで、その明かりがきれいですわ」

「イカ釣りの舟がね」

「今夜もきっと、見えますわ」

「じゃあ、あの夜も、沖はきれいだったでしょうね」

と、十津川は、いった。

みゆきは、黙ってしまった。

「小田刑事のことですがね」

と、十津川が話題を変えると、みゆきはほっとした感じで、

「あんなことになってしまって、母もがっかりしていますわ。ひょっとして、うちの婿になってくださるかも知れない方だったのにって」

「あなたは、どうなんですか？」

「さあ」

「彼が、『出雲3号』の切符を貰《もら》って、喜んでいたといったでしょう？」

「ええ」

「あれは、やはりあなたが、送ったんだ」

「いいえ。私は、送っていませんわ」

と、みゆきは、いった。陽が落ちてきて、次第に彼女の顔も見えなくなってくる。

「いや、あれは、あなたが送ったんだ。そしてあなたは、米子駅に迎えに行った。多分、車でね。あなたは、彼を車に乗せて、弓ヶ浜へ連れて行った。その間、いろいろと話し合ったんだと思う。そして、やはり彼が危険な人間だとわかったので、隙をみて、スパナかハンマーで後頭部を殴りつけたあと、海に投げ込んだ」

十津川は、ゆっくりと、話した。もう、みゆきの表情は見えなくなっていたが、彼女の息遣いは聞こえた。確かに、その息遣いが少し荒くなっている。

「なぜ、私のお婿さんになるかも知れない人を、私が殺さなければなりませんの？」

と、みゆきが、いった。

「刑事を甘くみてはいけませんよ。小田刑事を甘く見て、あなたは、ちょっと惚《ほ》れたふりをすれば、彼がいいなりになると思っていたんでしょうがね。その上、婿の話をちらつかせれば、完全にその気になって、彼が何も見えなくなると思った。しかし、彼は刑事ですよ。あなたやお母さんの話に、疑いを持ったんですよ。なぜ、あけみが晴海館の前に姿を現したりしたのか、なぜ、佐々木が簡単に、非常線を突破して逃げられたのか、と彼は考えてきたんですよ。そして、あなたの思わせぶりな態度も、婿の話も、何かを隠すための偽装行為じゃないかと、疑い始めたんです」

「何のことか、わかりませんわ」

「小田は、あなたにとって、危険な存在になりそうだった。きっと、あなたに電話をかけて、いろいろと聞いたりしていたでしょうからね。あの男は、誠実だが、自尊心が強い。自分が利用されていたとしたら、我慢が出来なかったでしょうからね」

「私は、利用したりした覚えは、ありませんわ」

と、みゆきは、いった。が、十津川はかまわずに、言葉を続けて、

「あなたは、小田に切符を送った。彼の反応を試すためだったんでしょう？　喜んでやってくれれば、婿の話を鵜呑《うの》みにしている証拠。そう考えたんじゃありませんか？　だが、迎えに行って話をすると、小田が疑っているのがわかった。佐々木とあなたの関係にも気付いていた。あなたが小田を愛しているふりをして、キスしたことも効果がなかった。小田は、あなたが好きだったと思いますよ。あなたはきれいだし、才気もありますからね。だが小田は、恋する男であると同時に、刑事だったんですよ。やはり、危険な存在なのだと思い、あなたは小田を殺してしまった」

「あれは暴走族の仕業だと、県警の刑事さんはおっしゃっていましたわ」

「少しずつ、真相がわかってきているんですよ。あなたが東京のS大にいた頃、佐々木

と同棲《どうせい》していたことも調べましたよ」

と、十津川は、いった。

みゆきの息遣いが、荒くなった。

「警部さん」

と、みゆきが、いった。

（自供する気になったのか――？）

と、十津川は思った。だが、みゆきは突然、甲高い調子になって、

「きれいでしょう！　あれが、イカ釣り舟の明かりですわ」

と、沖を指さした。

6

十津川は、東京の西本刑事に電話をかけ、佐々木とみゆきについての情報を、ファクシミリで送るようにいった。

晴海館のファクシミリは、フロント奥の事務所内に置かれている。若女将《おかみ》のみゆきは、当然、それに眼を通すだろう。

十津川はわざと、みゆきにそれを見せて、心理的な圧迫を加えようと思ったのだ。そのため、みゆきの大学時代、佐々木と同棲していたということも、改めて、ファクシミリで送らせた。

だが、これといった効果は現れなかった。

みゆきは、てきぱきと、若女将としての仕事を続けていて、顔を合わせても、にこやかに応対するだけだった。

県警はいぜんとして暴走族犯行説を崩さず、何組かのグループを追いかけている。

十津川は、みゆきが、小田刑事を殺したと思っている。溺死《できし》と思われているあけみも、みゆきが殺した可能性がある。それだけの激しさを、みゆきが持っていると、十津川は見ているのだが、いずれも状況証拠と、推理でしかない。これでは、みゆきを逮捕できないだろう。

みゆきも、それを見すかしたように、自分のことを記述したファクシミリを、ニコニコしながら十津川の部屋に届けて来たりした。


十津川と亀井が、晴海館に戻って、五日目だった。

朝から、旅館の中の空気がおかしかった。妙に、ひっそりと静まり返っていて、従業員たちの表情がこわばっている。亀井が走り廻《まわ》って、やっと理由を聞き出してきた。

「みゆきが、いません。朝になって、いないことがわかったんですが、両親は、従業員たちに口止めをしているんです」

「何があったんだろう?」

「わかりませんね」

「昨日、西本刑事からは、ファクシミリが来てなかったね」

「届いていませんが、ひょっとして、みゆきが持ち去ったかも知れません」

と、亀井は、いう。

十津川は、すぐ西本に電話をかけた。

「昨日ですか？　送りましたが、間違いだったので、すぐ訂正の文章を送りましたが」

と、西本は、いった。

「どちらも、見ていないぞ。どんな内容を送ったんだ？」

「佐々木が東京拘置所を脱走したというニュースが入ったので、それをすぐファクシミリで送りました」

「佐々木が、脱走した？」

思わず、十津川の声が、大きくなった。

「それが誤報だとすぐわかったので、直ちに訂正のファクシミリを送りましたが」

「畜生！」

と、十津川は、叫んだ。

みゆきは、脱走したというファクシミリを見て、旅館を飛び出してしまったのだろう。

十津川は、亀井と、みゆきの両親に会った。忙しくて会えないというのを、強引に押しかけたのだ。

父親は、十津川の話を落ち着いて聞く姿勢だったが、母親の方はヒステリックに、

「構わないで下さい！　私たちのことも、娘のことも」

と、叫んだ。

「そうはいきません。お嬢さんは、佐々木に会いに行った。彼が拘置所から脱走したと、思い込んでね。下手をすると、自殺しかねませんね」

と、十津川は、いった。

みゆきは、佐々木に会いに行った。あらかじめ、会う場所を決めてあったのか、それとも脱走した佐々木が皆生に来ると思い、今来ては危険だと告げに行ったのかは、わからない。だが、いつまで待っても佐々木が来なければ、みゆきは絶望し、自殺するかも知れない。

「協力して下さい」

と、十津川は、両親にいった。

「何を協力しろというんです！」

母親が、叫ぶ。それを父親の方がおさえて、十津川たちを廊下に連れ出した。

「何が、知りたいんですか？」

と、父親が、きいた。

「何もかもですよ。みゆきさんの行先を、知りませんか？」

「知っていれば、探しに行っていますよ」

と、父親は、いった。

「佐々木が女と皆生に逃げて来たとき、佐々木とみゆきさんは、ひそかに会っていたんでしょう？　全部話して貰《もら》わないと、助けられない」

十津川が強くいうと、父親は決心したように、

「私は反対したんだが、みゆきは聞かなかった。気性が激しいから、私なんかがやめろといったので、かえって反発して、佐々木に惹《ひ》かれてしまったのかも知れません」

「うちの小田刑事に、婿の話を持ち出したのは、偽装だったんでしょう？」

「何とか、佐々木との関係を誤魔化《ごまか》そうとしたんですよ。あれの母親が、この晴海館を守ろうと、必死だったんです。許してやって下さい」

「しかし、小田刑事を、殺した」

「ええ。あの人は、こちらの意図を見すかして、いろいろと調べ始めたんです。私はもう、何もかも話してしまおうといったんですが、みゆきは聞かなかった。それどころか、列車の切符を小田さんに送って、呼び寄せようとした。それが、どんな結果になるか、わかっていたので、私は――」

「電話で、小田刑事は、来るなといったのは、あなたですね？」

「私には、そんなことぐらいしか、出来ないんですよ。何しろ、婿養子ですからね」

父親は、自嘲《じちよう》気味に、いった。

「佐々木とみゆきさんが、警察にわからずに会っていたのは、何処ですか？」

と、十津川は、きいた。

「みゆきが、そこにいると？」

「佐々木が拘置所を脱走して自分に会いに来ると、みゆきさんが思っているとすれば、そこで待っているかも知れませんよ」

十津川は、強い声で、いった。

「ご案内します」

と、父親は、いった。

三人は、旅館を出ると、延々と続く松林の中に入って行った。

小雨が降り出した。その雨の中を、父親が歩き続け、十津川は亀井と、そのあとに続いた。

やがて、松林の中に、朽ちた小屋が見えてきた。小屋の前の海辺には、漁船が見えたが、その舟も朽ちていた。

十津川が、小屋をのぞき込んだ。が、みゆきの姿は、なかった。

亀井がそっと十津川の脇腹を突《つつ》き、眼で、横たわっている漁船を、指した。

その漁船の脇に、みゆきが腰を下ろして、じっと沖を見つめているのが、眼に入った。

小雨が降り続いているのに、みゆきは砂の上に腰を下ろして、じっと動かない。

もう、何時間、彼女は佐々木を待っているのだろうか？

ふと、その時間の長さを考えながら、十津川はみゆきに近づいて行った。

特急ひだ3号殺人事件

1

四月中旬、警視庁捜査一課の北条早苗《さなえ》は、久しぶりに、三日間の休暇を貰って、飛騨《ひだ》高山《たかやま》へのひとり旅に出た。

本当は、大学時代の女友だちと二人で行く筈《はず》だったのだが、向こうは、現在、大企業のOLで、休みが決まっている。早苗の方は、事件が起きれば、日曜でも、駆り出されるので、どうしても、友だちとは、折り合わず、ひとり旅になってしまったのである。

今度も、日曜日には休めず、三日間もウィークデイの休みだった。

ウィークデイだから、すいているだろうと、早苗は、それが楽しみで、新幹線に乗ったのだが、午前八時二四分東京発の岡山行きは、ほぼ満席に近かった。春の行楽シーズンということなのだろう。

早苗が、こんな早い列車に乗ったのは、名古屋《なごや》から、一〇時四九分に出る高山行きの特急「ひだ3号」に、乗りたかったからである。

名古屋から、高山には、特急が、何本も出ている。特急「ひだ」にしても、1号から9号まで出ているし、名鉄の特急「北アルプス」もある。

ただ、その中で、「ひだ3号」だけが、新型車両を使っていると、聞いたからだった。

週刊誌で、シルバーの車体を見て、飛騨高山に行く時には、ぜひ、乗ってみたいと思っていたのである。

名古屋に着き、東海道本線の下りのホームへ向かう。途中の岐阜までは、東海道本線を、走るからである。

お目当ての「ひだ3号」は、早苗が予想した通り、ぴかぴかの新車で、銀色の車体が、輝いて見えた。赤い細いラインも、気がきいている。

先頭車の前面は、斜めにカットされた大きな一枚ガラスで、その両端は、曲線になっている。他の車両の窓も、今までの気動車特急に比べると、ひとまわり大きくなっている。

早苗が、カメラで写真を撮っていると、ホームには、次々に、乗客がやって来た。このぶんでは、自由席は、満員かも知れない。前もって、指定席の切符を買っておいて、よかったと思った。

「ひだ3号」は、五両編成で、高山に向かって、先頭の5号車、次の4号車が自由で、早苗の買った指定は、3号車である。次の2号車が、グリーンと、指定の合体で、最後尾の1号車は、指定だった。

古い特急は、ヘッドマークが、フロントの真ん中についていたのだが、この新型は、左下のあたりに、さりげなく、「ひだ」の文字がある。列車も、スタイルを重視する時代になったのだろう。

早苗は、3号車に入り、自分の席を探した。8Cだから、中央あたりと思い、通路を歩いて行く。

もう、半分くらいの座席が、埋まっていた。自分の席を見つけ、ブルー系の色の座席に腰を下ろした。嬉《うれ》しいことに、グリーンではないのに、リクライニングになっている。手を伸ばすと、前の座席の背中から、折り畳み式のテーブルが、出てくる。

（なかなか、サービスがいいわ）

と、思った。

発車間際になって、隣りの窓側の席に、五十五、六歳の男が、腰を下ろした。

きちんと、三つ揃いの背広を着て、眼鏡をかけている。少しばかり太り気味で、小さな会社の社長という感じだった。

「ああ、間に合ってよかった」

ひとり言にしては、大きな声でいい、ハンカチを取り出して、顔の汗を拭《ふ》いている。

早苗が、何となくおかしくて、クスッと笑うと、男は、顔を向けて、

「こりゃあ、きれいなお嬢さんだ」

と、大きな声で、いう。

早苗が、照れて、笑っていると、

「あなたみたいな、若い美人と一緒とは、ついていますよ」

と、男は、まだ、いっている。

早苗は、別に、嫌な気はしなかった。最近になって、父を亡くしているので、同じく

らいの年齢の男に、親しみを感じるのだろう。

列車が、走り出した。ハイデッカーなのと、窓が大きいので、通路側に座っていても、景色は、よく見える。

男は、内ポケットを探っていたが、やおら、名刺を出して、早苗に渡した。

「私は、東京で、そんなことやってます。まあ、うまくいってると思っていますよ」

やたらに、気安く、話しかけてきた。

早苗が、名刺に眼をやると、

〈大川ラーメン　社長　大川広志《おおかわひろし》〉

と、あった。

「ラーメンのお店をやってるんですか？」

「チェーン店を出しています。まだ、八店だけですが、今年中に、二十店には、するつもりです。失礼だが、あなたは、どこの方ですかな？」

「東京です」

「それなら、ぜひ、うちの店に来て、ラーメンを食べて下さい。その名刺の裏に、チェーン店の場所が、書き込んでありますから」

「ありがとうございます」

「味には、絶対の自信がありますよ。何しろ、社長の私が、こうやって、全国の、これといった店のラーメンを、自分で食べてみてるんですからね」

大川広志は、自慢げに、いった。

「じゃあ、今度もそうなのですか?」

と、早苗は、少しばかり、興味を感じて、きいてみた。

「そうです。週刊誌に、高山の町に、ものすごく美味《うま》いラーメンを食べさせる店があって、観光客に、大もてだと書いてあったんで、早速行ってみようと思いましてね」

「そんなに、いつも食べていたら、胃を悪くしません?」

と、早苗がきくと、大川は、眉《まゆ》を寄せて、

「実は、それが、悩みのタネでしてね。時々、胃のあたりが、チクチクするんですワ」

と、大川は、胃のところを、手でおさえてみせた。

2

下呂《げろ》を過ぎたところで、大川は、電話をかけてくるといって、立ち上がった。

「何しろ、社長ですからね。思い立ったら、どこからでも、各支店に、指示を与えんといかんのですワ」

そういって、通路を、歩いて行った。さっき、早苗も、車内を歩いてみたが、デッキの近くに、電話室や、ジュースなどの自動販売機があったのを覚えている。
五、六分して、コーラが飲みたくなり、早苗も、立ち上がった。
デッキの近くの自動販売機のところまで行くと、大川が、電話室の前で、三十歳ぐらいの女性に、名刺を渡しているところだった。

「私は、まあ、東京で、そんなチェーン店の社長をやっています。まあ、成功者の部類でしょうな。今度の高山行きも――」

と、大声で、話している。

早苗は、思わず、笑ってしまった。どうやら、これはと思った女性には、みんな名刺を渡し、一席ぶつらしいと、思ったからである。

早苗は、コーラを買い、自分の席に戻った。

窓の外の景色は、次第に、山国のものに、変わっていっていた。

早苗が、見とれているところへ、大川が、戻って来た。

早苗が、膝《ひざ》をすぼめて、相手を、通そうとすると、

「失礼」

と、いいながら、大川は、太った身体で、早苗の前を通りかけて、突然、

「ううッ」

と、呻《うめ》き声をあげた。

早苗は、驚いて、相手の顔を見上げた。

大川は、どうしたのか、身体をエビのように曲げて、通路を、二、三歩、よろめき、そのまま、頽《くずお》れてしまった。

早苗は、一瞬、あっけにとられて、見つめていたが、通路に飛び出して、大川の重い

身体を抱き起こした。

「大丈夫ですか？」

と、ゆさぶるようにしたが、反応がない。唇から、血が流れているのは、苦しまぎれに、唇を噛《か》んだのか。

五、六人の乗客が、座席から立ち上がって、こっちを見ている。

「車掌さんを、呼んで下さい！」

と、早苗は、大声で、叫んだ。

車掌が、飛んで来た。

「どうしたんです？」

「わかりませんけど、毒を飲んだのかも知れません」

「毒？　どうしたらいいんですか？」

「間もなく、高山でしたね？」

「あと六分ほどで着きます」

「着いたらすぐ、医者に診せるとして、今は、毒を吐かせましょう」

「どうすればいいんですか？」

「指を、口の中に、突っ込むんです。うまくいけば、飲んだ毒を、吐き出します」

「それは、私がやりましょう」

と、車掌はいい、大川の口を押しあけ、無理に、二本の指を、突っ込んだ。

だが、大川は、げいげいもやらず、何の反応も、見せなかった。

列車が、高山に着くと、駅員が手伝い、すぐ、駅前の病院に、運ばれた。

だが、手おくれだった。

すでに、大川広志は死亡していたのである。

3

岐阜県警は殺人事件とみて、高山警察署に、捜査本部を、おいた。

三田《みた》という若い警部が、この事件を担当することになった。

東京生まれで、国立大学を出て、三十歳で、この警察署の刑事課長になった男である。

目撃者の早苗が、警視庁の現役の刑事と知って驚いていたが、それでも、懐かしげに、

「そうですか。東京ですか」

と、いい、

「車内で起きたことを、正確に、話して下さい」

「私は、休みがとれたので、飛騨高山へ行くことにして、今日、名古屋から、『ひだ3号』に、乗りました。その時、隣りに座ったのが、この被害者だったんです。ええ、初めて会ったんですわ」

早苗は、被害者が、やたらに、なれなれしくて、いきなり、名刺をくれたこと、ラーメンのチェーン店をやってると話してくれたこと、高山には、美味いラーメン店の味見

に行くのだといっていたことなどを、話した。

「下呂を過ぎてから、電話を掛けてくるといって、席を立ったんです。なんでも、チェーン店に、指示を与えるんだと、いっていましたわ。そのあと、戻って来て、突然、苦しそうになって、通路に倒れてしまったんです」

「被害者の大川広志ですが、車内で、誰かと、親しそうに、話していたということは、なかったですか？」

と、三田が、きいた。

「ひとりで、高山へ行くようなことを、いっていましたけど」

と、早苗は、いったあとで、

「彼が、電話を掛けに行ったあと、私も、コーラが飲みたくなって、席を立ちました。自動販売機が、電話室の傍にあるんです。私が、行ったら、彼が、三十歳くらいの女性と、話をしていましたわ」

「じゃあ、車内に、被害者と親しい人間が、いたことになるじゃありませんか」

三田が、怒ったような声で、いった。なぜ、それを、早くいわないのだという顔だった。

早苗は、首を横に振って、

「その女の人は、大川という人とは、初対面ですね」

「なぜ、そういい切れるんですか？」

「私に対してと同じように、名刺を渡して、同じ自己紹介をしていましたもの。東京で、ラーメンのチェーン店をやっていて、成功者の部類に入るみたいなことをですわ」

早苗は、その時の大川の顔を思い出して、自然に微笑を、浮かべた。

「他に、被害者が、接触した人間は、いませんでしたか？　彼は、毒を飲まされて死んだと、思われるんでね。必ず、犯人は、同じ列車の中にいた筈《はず》なんだ」

「カプセルを使えば、時間は、調節できますわ」

と、早苗がいうと、三田は、肯《うなず》いたが、

「しかし、あの列車に、乗る前に、飲まされたとは、考えられませんね。被害者は、名古屋から乗ったんでしょう？　そして、下呂を過ぎてから死んだ。その間、二時間近くかかっている。そんなにゆっくりと溶けるカプセルなんて、考えられませんね」

「そういえば、そうですけど、あの女性が、犯人とは、思えませんわ」

「その判断は、われわれが、しますよ。だから、その女の顔立ちや、服装を、正確に話して下さい」

と、三田は、いった。

どうやら、三田は、その女性が、怪しいと思ったらしい。

絵の上手《うま》い刑事が呼ばれ、早苗は、その女の似顔絵作りに、協力させられた。

年齢三十歳前後、細面で、うすい色のサングラスをかけていた。

美人だが、華やかな感じではなかった。どちらかといえば、寂しい顔立ちだった。電話室の前には、ひとりでいたが、彼女が、ひとりで乗っていたか、連れがいたかは、わからない。

「それに、どの車両に乗っていたかも、わかりませんわ。電話がついているのは、3号車ですけど、隣りのグリーンから、電話を掛けに、3号車に来ていたのかも知れませんから」

と、早苗は、三田警部に、いった。

「服装は、覚えていませんか？」

と、三田が、きく。

「確か、ライトブルーのワンピースで、首に、きれいなスカーフを巻いていましたわ」

と、早苗は、いってから、

「あの女性は、どうしても、犯人には、思えませんけど」

と、いった。

「繰り返しますが、この事件は、岐阜県警の所管ですから、判断も、われわれが、します」

三田は、ニコリともしないで、いった。

4

早苗から、電話がかかったのは、午後五時過ぎだった。

十津川は、受話器を取って、

「一時間ほど前に、岐阜県警の三田警部から、知らせが入ったよ。君も、折角の休暇だったのに、えらい目にあったね」

「殺されたのは、大川広志という男ですが、そのことも、県警から、いって来ましたか？」

「今、西本君たちが、その男のことを、調べているよ。岐阜県警の要請でね。君は、被害者と、話をしたそうだね？」

「はい。名刺も、貰《もら》いました」

「君の印象は、どうだったね？　どんな男に見えたかね？」

と、十津川は、きいてみた。十津川は、女性の直感力は、神が、男に腕力を与えた代わりに、女性に与えたものだと思っていた。男が、どう背伸びしても、直感力に関しては、女に及ばないのである。

「甘いかも知れませんけど、ちょっと厚かましいが、憎めない中小企業の社長さんという印象でしたわ」

と、早苗が、いった。

「他人《ひと》に恨まれるような人間には、見えなかったかね？」

「恨まれることはあったと思いますわ。多分、会社では、ワンマンで、社員を怒鳴りつけていたと思うし、女性関係もルーズだと思いますから。でも殺されるほど、憎まれてプですもの」

いたとは、考えられないんです。働き者の中小企業のおやじさんという、よくあるタイ

「だが、現実に殺されているんだよ」

と、十津川は、いった。

「だから、特殊な事情があるんじゃないかと、思っているんです」

「特殊なねえ。君は、容疑者も見ていて、モンタージュ作りに、協力したと、三田警部に聞いたんだがね」

十津川が、いうと、早苗は、電話の向こうで、クスッと、笑った。

「あれは、三田警部の思い込みですわ」

「思い込み？」

「はい。もし、彼女が容疑者なら、私なんか、犯人ですわ。私は、彼女と同じように、被害者から名刺を貰いましたし、席が隣りでしたから、いつでも、毒を飲ませることが可能でしたもの」

と、早苗は、いう。

「今、どこにいるんだ？」

「ついさっき、旅館に入ったところです」

「それでは、今度の件で、何か思い出したことがあったら、私なり、県警の三田警部なりに、連絡しなさい」

「明日は、どうしたらいいでしょう？」

「折角の休暇なんだ。楽しみたまえ」

と、十津川は、いった。

電話が切れると、亀井刑事が、十津川に向かって、

「北条君も、ついていませんね」

「彼女、刑事でよかったよ。彼女が一般人だったら、今頃、重要参考人として、岐阜県警に、連行されているね」

と、十津川は、いった。

夜になって、被害者大川広志のことを調べに行っていた西本と、日下の二人の刑事が、戻って来た。

「これは、お土産です。あとで、私が作ってご馳走《ちそう》しますよ」

と、西本が、「大川ラーメン」と書かれた包みを、机の上に置いた。

「貰って来たのかね？」

と、十津川が、きいた。

「ちゃんと、お金は、払って来ましたから、安心して下さい」

「それで、大川広志というのは、どんな男なんだ？」

「年齢五十四歳。大川ラーメンのチェーン店を八店持っています。年収は、二、三千万といったところで、まあ、成功者の部類に入ると思います」

日下が、メモを見ながら、いった。

「経歴は？」

と、亀井が、きいた。

「福島県の生まれで、地元の高校を卒業後、東京に、来て、最初、自動車工場に勤めています。その後独立して、修理工場を始めますが、失敗し、保険のセールスマンに転向します。ここでは、かなりの成績を残しましたが、再び、独立を考え、今度は、ラーメン店を始めました。そして、チェーン店八店のオーナーになったというわけです」

これは、西本が、説明した。

「社員の評判は、どうなんだ？」

「三つの支店で、聞いてみましたが、悪くはありませんね。親分肌で、面倒見がいいというわけです。怒ることがあっても、それを、根に持つことはなかったそうです。ただ、女にだらしがなく、ケチだったという噂も聞きました。妻子がいますが、そのため、夫婦仲は、あまりよくなかったみたいですし、ケチの方は、かなり有名で、絶対に、グリーン車には、乗らなかったそうです」

「今度も、グリーンでなく、普通指定席に乗っていたのは、そのためか」

と、十津川は、いった。確かに、典型的な中小企業の社長という感じがする。

「今日、高山に行った理由だが、やはり、向こうのラーメン店の味見なのかね？」

「これは、三鷹店の店長が、証言しているんですが、昨日、大川から、話を聞いているようです。週刊誌に、高山駅前のラーメン店が、観光客に人気があると書いてあった。東京からも、わざわざ食べに行くとあるから、おれも、どんなものか、食べに行ってくるといったそうです」

と、西本は、いった。

「奥さんは、高山行きを、知っていたのかね？」

「知らなかったと、いっていましたね。仕事のことは、話さない男だったようですし、突然、旅に出てしまうのは、しょっちゅうだったそうですから」

「仕事だけの男だったのかね？」

「仕事と女です。その女の中に、奥さんは、入っていなかったようです」

「それでも、奥さんは、怒らなかったのかね？」

「本当はどうかわかりませんが、お金は、ちゃんと入れてくれるし、子供もいるから、もう、主人のことは、気にしないことにしていましたと、奥さんは、いっていましたが」

「奥さんのアリバイは、ちゃんとしているのかね？」

「今日の午後一時に、次女の学校、これは、中学ですが、父兄参観日で、出席しています。担任の教師も、間違いなく、午後一時には、来ていたと、証言しています。三鷹にある中学校です」

「午後一時ね。『ひだ3号』が下呂を出るのが、一二時三四分だから、アリバイは、完全だな」

「私の見たところ、あの奥さんは、夫の女遊びなんかは、もう諦《あきら》めて、二人の子供に、愛情の全てを注ぎ込んでいるようです」

「それに、社員にも、恨まれていなかったということかね」

「そうです。ただ、よく怒る男だったようで、馘《くび》にした社員も、何人かいるようで、そういう人間は、恨んでいるかも知れません」

「同業者の評判は、どうなんだ？」

「これは、よくありません。大川ラーメンが、近くに進出したので、売り上げが減ったという店もありますから」

「それでは、同業者と、大川ラーメンを馘になった人間の線を、もう一度、調べてみてくれ」

と、十津川は、いった。

二人の刑事が出て行ったあと、十津川は、亀井に、

「妙な事件だね」

「なぜですか？　被害者が、あまり憎まれていない人間だからですか？」

「犯人は、わざわざ、『ひだ3号』にまで乗り込んで、毒殺しているんだ。そこがわからないんだよ。毒殺なら、何にまぜても、飲ませることが可能だ。ジュース、コーヒー、ビール、どれでもいいし、カプセルに入れ、薬と欺《だま》して、飲ませることも可能の筈《はず》だ。

それなら、別に、わざわざ、『ひだ3号』の車内で、殺すことはないんじゃないか？　下手なやり方とは、思わないかね？」

同じ列車に乗っているわけだから、当然、疑われる。下手なやり方とは、思わないかね？」

　と、十津川は、いった。

亀井は、「それなんですが」と、いった。

「被害者が常用しているビタミン剤みたいなものに、毒を入れておいたんじゃありませんか？　たまたま、それを、『ひだ3号』の車内で飲んだから、そこで、死んでしまった。それなら、東京にいた奥さんも、容疑者の中に、入って来ます」

「私も、それを考えて、岐阜県警に聞いてみたんだが、所持品の中に、薬びんとか、薬は、全く見つからないと、いうんだよ。となると、犯人は、列車内で、被害者に、飲ませたことになってくるんだ」

　と、十津川は、いった。

「そうなると、確かに、警部のいわれる通り、おかしな事件ですね。犯人は、わざわざ、『ひだ3号』の中まで、被害者を、追いかけて行ったことになりますし、なぜ、逃げ場のない車内で殺したのかも、わからなくなって来ます」

　と、亀井も、首をかしげた。

5

早苗は、旅館で眼を覚ましたあと、しばらく、寝床の中で、天井を見つめていた。

昨日の出来事が、一方で、夢のように思えながら、苦痛にゆがんだ大川広志の顔は、鮮明に、思い出すのだ。

旅館の従業員が、朝刊を持って来てくれた。

早苗は、朝食をとりながら、朝刊を広げた。社会面には、昨日の事件が、大きくのっていた。

〈車内に怪しい女が――同乗していた警視庁の婦人警官の証言〉

そんな文字が、早苗の眼に飛び込んできた。

あわてて、記事の内容を、読んでみると、早苗が、3号車の電話室の前で、被害者と、三十歳前後の女が話しているのを目撃し、彼女が怪しいと、証言したことになっていた。

(困るわ)

と、思った。早苗は、むしろ、あの女は、犯人とは思えないと、県警の三田警部に、話したのである。

(迷惑だわ)

少しばかり、腹が立って来た。

気分直しに、高山の町を、見物して来ようと思った。

カメラだけを持って、旅館を出た。

曇っているが、暖かかった。小京都ということで、若い人に人気があるらしく、若い女性の姿が眼についた。

歩いてすぐのところが、川で、赤い欄干の橋が、かかっている。

渡ってすぐが、昔の姿を残した上三之町《かみさんのまち》である。狭い道の両側が、江戸時代そのままの町家になっている。保存のためではなく、実際に、医院だったり、食堂だったりするのである。

時々、立ち止まって、早苗は、写真を撮った。少しずつ、重い気分が、やわらいでくるのを感じた。

旅館で貰《もら》った地図を頼りに、早苗は、城山公園の方へ、歩いて行った。

昔は、高山城のあったところだが、今は、礎石だけの公園になっている。

大手門を入った時、反対側から、歩いて来る女を見て、

「あッ」

と、思わず、小さな声をあげた。

「ひだ3号」の中で見た、あの女だったからである。

連れはなく、ひとりだった。向こうは、早苗の顔は、覚えていないと見えて、何の挨《あい》

拶《さつ》もなく、早苗の横を、すり抜けて行った。

早苗は、立ち止まって、じっと、女の後ろ姿を見つめた。

犯人とは思えない。が、自分の証言で、県警に容疑者視されてしまっていることが、気になって、尾《つ》ける気になった。

女は、ゆっくり、歩いて行く。カメラを持っているのだが、いっこうに、立ち止まって、撮る気配はなかった。

福来《ふくらい》博士記念館の横を抜け、高山市郷土館の方へ歩いて行くのだが、その中を、見る気はないらしい。

女の足は、上三之町の方へ向いた。

(旅館へ帰るのだろうか?)

と、思った時、女の前に、突然、男が二人、飛び出した。

(あッ。いけない)

と、早苗が思ったのは、二人の男の片方が、三田警部だったからである。

三田が、厳しい顔で、何か、女にいったと思うと、彼女を、二人で、近くにとめてあった車の中に、押し込んでしまった。

覆面パトカーだったらしく、急に、赤色灯をつけ、サイレンを鳴らして、走り出した。

6

早苗が、旅館に戻ると、おかみさんが、

「今さっき、県警の三田という警部さんから電話がありましたよ」

と、いった。

「すぐ、署まで来てくれというんでしょう？」

「ええ」

（やれやれ）

と思いながら、早苗は、もう一度、旅館を出た。

捜査本部になっている高山署に着くと、やはり、三田が、

「容疑者を見つけたので、顔を見て下さい」

と、早苗に、いった。

取調室に、あの女が、いた。

「どうですか？　あなたが、『ひだ3号』の車内で、被害者と話しているのを見た女ですか？」

と、三田が、きいた。

「確かに、彼女ですが、容疑者じゃありませんわ」

と、早苗は、いった。

「それは、これからの訊問《じんもん》の結果によりますよ」

三田は、弾んだ声で、いった。もう、これで決まりみたいな調子だった。

「被害者を、知っていると、いったんですか？」

と、早苗は、きいた。

「車内で、名刺を貰ったことは認めましたがね。その時が、初めてだったといっていますよ」

「それなら、犯人とは、違うじゃありませんか？」

「甘いですよ、そんな見方は。きっと、何か隠していると、私は、睨《にら》んでいるんです。被害者との関係といったものをね」

と、三田は、いった。

「私には、初対面としか、見えませんでしたけど」

と、早苗は、遠慮勝ちに、いった。この事件の捜査は、あくまでも、岐阜県警の仕事だったからである。

「それは、被害者の態度を見てでしょう？」

「ええ」

「被害者は、相手を覚えていなかっただけかも知れませんよ。よくいうじゃないですか。殴った方は、すぐ忘れてしまうが、殴られた方は、いつまでも覚えているものだとね。今度の事件は、そのケースと、睨んでいるんです。被害者は、女好きだった。何人もの女と、関係した。あの女は、その中の一人かも知れませんよ。男の方は、沢山の中の一人だから、忘れてしまっているが、彼女の方は、覚えていた。傷つけられた恨みをです」

三田は、雄弁だった。

「名前は、わかったんですか？」

と、早苗が、きいた。

「わかりましたよ。東京都世田谷区太子堂のマンションに住む女性で、内藤祐子《ないとうゆうこ》。もちろん、夫もいます」

「奥さん？」

「そうです」

「それでも、ひとり旅なんですか？」

「夫の仕事が忙しいので、ひとりで、高山へ観光に来たと、いっています。夫とうまくいってないんでしょうね」

「それは、勝手な想像じゃありませんの？　今は、結婚していても、奥さんが、ひとりで、旅行に出ることが、多いようですけど」

と、早苗は、いった。この若い警部と話していると、なぜか、反対したくなってくるのである。

「そうかも知れませんが、あの女は、違いますね。夫とうまくいってないもやもやが、殺人に走らせたに違いありませんよ。その夫婦仲の悪さの原因が、殺された被害者じゃないかと、想像しているんですがねえ」

三田は、また、勝手な推理をしてみせた。

早苗は、何もいわなかった。

今日、彼女が、城山公園にいるところを見ているが、幸福そうに見えた。それをいったところで、この警部は、首を振るだけだと思ったからである。

早苗は、旅館に戻ると、東京の十津川に、電話をかけた。

「今、県警から、犯人を逮捕したと、いって来たよ」

と、十津川は、電話で、いった。

「彼女は、犯人じゃありませんわ」

と、早苗は、いった。自然に、抗議の口調になっていたとみえて、十津川は、笑って、

「君は、シロだと思っているのかね？」

「はい。彼女が被害者を、前から知っているとは、思えません。それに、人を殺した女性とは、とても、考えられないんです」

「そのことは、県警に、いったのかね？」

「三田という警部さんに、いったんですけど、取り合って貰えませんでしたわ」

「その警部が、犯人を逮捕したと、いって来たんだ。内藤祐子というその犯人のことを、調べてくれと、依頼して来ているよ」

と、十津川は、いった。

「調べれば、きっと、シロの証拠が、出てくると思いますわ」

と、早苗は、いった。

7

十津川と、亀井は、内藤祐子の夫が働いているスーパーに、出かけて行った。

下高井戸《しもたかいど》にある店で、事務の仕事をしている筈《はず》だった。

内藤は、早退の届を出して、これから、高山に行くところだった。

妻の祐子より二歳年下だという内藤は、眉《まゆ》を寄せて、

「今、電話を貰《もら》って、これから、高山へ行くところです。これは、何かの間違いですよ」

と、十津川たちに向かって、いった。

「それなら、東京駅まで、車で、送りますよ」

と、十津川は、いい、内藤を、パトカーに乗せた。

甲州《こうしゅう》街道を、新宿に向かって、走りながら、十津川は、内藤に、

「奥さんは、どういう人ですか？」

と、きいた。

内藤は、いらだたしげに、煙草を口にくわえたり、また、止めてしまったりしながら、

「優しい女ですよ。僕には、かけがえのない女です」

「奥さんも、働いているんですか？」

「そうです。共働きです」

「奥さんは、何をしているんですか？」

「経理が得意なので、いろいろな会社に、パートで行って、働いています」

「今度は、奥さんひとりで、高山へ旅行していますが、これは、なぜですか？」

と、亀井が、運転しながら、きいた。

「仕事が、二人で、違いますからね。なかなか一緒に、休みがとれないんですよ。それに、僕たちは、お互いに、あまり干渉しないようにして来たんです。ですから、彼女が、今度、ひとりで、飛騨高山へ行くということに、何もいいませんでしたし、むしろ、たまには、旅行する方がいいと、すすめたくらいなんです」

「大川広志という人は、知っていますか？」

「今度、殺された人ですね？」

「そうです」

「確か、近くに、大川ラーメンの店があったと思いますが、個人的に、そこの社長とは、何の面識もありません。家内も、同じだと思いますよ」

と、内藤は、いった。

「大川ラーメンが、近くにあるんですか？」

「ええ。うちのマンションから、歩いて、五、六分のところに、確か、店があった筈です」

「そこへ、食べに行ったことは？」

「僕は、ラーメンは嫌いだから、行ったことはありません」

「奥さんは、どうです？」

「行っていないと思いますが――」

内藤の語尾が、あいまいになった。

「行ったかも知れない？」

「家内は、ラーメンが好きですから。しかし、そこで、食べたからといって、犯人扱いするのは、ひどいですよ。向こうに着いたら、抗議するつもりです」

と、内藤は、腹立たしげに、いった。

彼を、東京駅に送ったあと、十津川と、亀井は、もう一度、内藤の働いているスーパーに引き返した。そこの森《もり》という支店長に、会った。

「実は、あの夫婦の仲人《なこうど》を、私がやらせて貰いましてね」

と、森は、微笑した。

「どんな夫婦ですか？」

と、亀井が、きく。

「二人とも、大人しい、いい夫婦ですよ。もう三年になるがケンカをしたって噂を、聞いたことがありません。たまには、ケンカでもしたらと、いっているんですがね」

「奥さんの方が、年上でしたね？」

「ええ。それで、うまくいっているんじゃありませんか。内藤君の方は、ちょっと、気難しいところがありますからね」

「奥さんの方も、よくご存知なんですか？」

「いや、前から知っていたわけじゃありません。内藤君が、結婚することになって、時々、会うようになったんです。よく出来た、いい女性ですよ。物静かで、優しくて、それに、美人でね」

「三年前というと、奥さんは、二十七歳だったと思うんですが、それまでに、男関係が、全くなかったということは、ないと思うんですが」

「どういう意味ですか？」

森は、ちょっと、気色ばんだ。

「なかなか美しい人ですからね。それまでに、つき合っていた男性がいても、おかしくはないと、思っただけです」

と、十津川は、いい直した。

「それは、あったと思いますよ。しかし、内藤君と結婚してからは、二人だけの生活を、きちんと、守っていますよ」

「奥さんも、働いているんですね」

と、亀井が、いった。

「ええ。簿記が出来ますからね。将来、土地つきの家を持ちたいというので、一生懸命に、共働きをしているんです」

「一種のフリーのアルバイターという形で、働いているわけでしょう？」

「ええ」

「相手は、だいたい、中小企業ですか？」

「まあ、そうでしょうね。大企業は、ちゃんとした経理部門がありますから」

「ラーメンのチェーン店でも、働く機会は、ありましたね？」

と、亀井が、きくと、森は、急に眉をひそめて、

「わかりませんね」

とだけ、いった。

十津川と、亀井が、警視庁に戻ると、先に帰っていた西本と、日下が、

「大川ラーメンの支店長の話ですが、社長が、ひとりで、高山に行ったのは、おかしいと、いうんです」

と、報告した。

「しかし、北条君の話では、大川は、車内ではひとりだったということだよ」

「それをいいましたら、きっと、高山で、落ち合うことになっていたんじゃないかと、いうことでした」

と、日下が、いった。

「或《あ》いは、高山へ行く列車の中で、会うことになっていたかも知れませんね」

と、亀井が、いった。

「カメさんは、つまり、内藤祐子という女のことを、いっているのかね？」

「彼女のことが、頭に浮かんだのは、事実です」

「しかし、北条君の話だと、被害者は、彼女とは、初対面のようで、名刺を渡していたというがねえ」

「芝居かも知れません」

「芝居？」

「二人が、関係があったとしての話ですが、高山で、会うことにしていた。それが、車内で、ばったり会ってしまった。車内には、他人の眼がありますからね。わざと、初対面のように、芝居をしたのかも知れませんよ」

と、亀井は、いった。

どうやら、亀井は、一つのストーリイを考えているようだった。

女好きの大川が、支店の近くに住む美人の人妻に、眼をつけ、関係が出来た。女の方は、夢中になったが、大川は、あくまで遊びで、少しずつ冷たくなっていった。女は、愛情が、憎しみに変わり、一緒に高山に行くことになった時、前もって、青酸か、他の毒物を用意した。そんなストーリイをである。

8

早苗は、高山に着いて、三日目を迎えた。今日まで、休暇をとっているから、本当なら、観光を楽しみたいのだが、事件のおかげで、そんな気になれなかった。自分の証言で、内藤祐子が、逮捕されてしまったからである。しかも、県警の三田警部は、すっかり、彼女を犯人扱いなのだ。

あれから、どうなったのかと思い、高山署に、足を向けてしまった。

三田警部に会うと、この若い警部は、嬉《うれ》しそうな顔をして、

「状況証拠は、出て来ましたよ」

「どんな状況証拠なんですか？」

「これは、警視庁が、調べてくれたことなんだが、被害者大川広志のやっていたチェーン店の一つが、内藤祐子の自宅の近くにあることが、わかったんですよ」

「でも、それだけじゃ、証拠には、なりませんわ」

「ラーメンを食べに行って、彼女が、被害者と、知り合った可能性が出て来たんですよ。もう一つ、彼女は、パートで、経理の仕事をやっていましてね。お得意は、もっぱら、中小企業。大川ラーメンも、中小企業なんですよ」

と、三田は、いう。

「大川ラーメンの経理をやっていたという証拠はあるんですか？」

「それは、まだありませんが、その中《うち》に、出てくると思っていますよ」

と、三田は、自信満々にいってから、

「彼女の夫が、昨日の夜おそく、こっちに着いて、今も、ここへ来ていますよ」

「彼は、何といっているんですか？」

「もちろん、妻が、人殺しをする筈《はず》がないといっていますが、あなたは、会わない方がいいですよ」

「なぜですか？」

「あなたのおかげで、奥さんが、警察に捕まったと思っているようですからね」

「そんな誤解は、心外ですわ」

と、早苗は、いい、ぜひ、会わせて欲しいと、いった。

応接室で、会ったが、内藤は、三田のいったように、早苗を見るなり、

「ひどい人だ。あなたの証言のおかげで、家内は、殺人犯人にされそうですよ」

と、いって、睨《にら》んだ。

「違いますわ。私は、むしろ、違うといったんですよ。被害者とは、初対面に違いないと」

早苗は、一生懸命に、いったのだが、内藤は、カッとしてしまっているらしく、

「あなたが、黙っていてくれたら、こんなことにはならなかったんだ。なぜ、あんなことを、いったんだ？」

「私は、警察の人間です。嘘はつけませんわ」

「しかし、黙っていてくれたって、いいじゃないか。あんたは、いくら、見たままをい

ったって、ここの警察は、あんたの証言で、家内を、犯人と決めつけたんだよ」

「大丈夫ですわ。無実なら、すぐ、釈放されますわ」

と、早苗は、いった。

「信用できないよ。警察というところは、平気で、犯人を作りあげるからな」

内藤は、そういうと、応接室を、出て行った。

早苗が、重い気分になって、廊下に出ると、若い刑事が、被害者の妻が、来ていると、教えてくれた。

（そうだ。殺された人にも、家族があったんだ）

と、早苗は、改めて、思った。

「それにしても、少し、遅かったみたいですけど」

と、早苗は、いった。相手の刑事は、急に、声をひそめて、

「どうも、夫婦の仲が、うまくいってなかったみたいですよ」

と、いった。

しばらくして、三田警部に会うと、彼も、

「奥さんは、悲しんでいませんねえ」

「原因は、殺された大川さんの女性関係ですか？」

「まあ、はっきりとはいいませんが、そのようですね。犯人が女だといったら、そんなことと思いましたと、肯《うなず》いていましたからね」

「内藤祐子さんは、犯人じゃありませんわ」

「そうは、思えませんがねえ」

と、三田は、いう。

「でも、今のままだったら、釈放せざるを得ないんじゃありませんか？」

「いや、四十八時間以内に、自供すると、確信していますよ」

と、三田は、いった。

9

早苗は、旅館に帰ったが、十津川に、電話をかけ、

「もう一日、ここにいさせて下さい」

と、頼んだ。

「内藤祐子のことが、心配なのかね？」

と、十津川が、きく。

「証拠はありませんから、四十八時間すぎれば、釈放されると思っていますが、県警の三田警部がやたらに自信満々なので、不安なんです」

「大丈夫だよ。無理矢理、自白を取るようなことはしないよ」

「そうは思うんですが、彼女が逮捕されてしまったのは、私の証言からなんです。彼女の夫にも、責められました」

「君は、正直に証言したんだから、気にすることはないよ。彼女が、殺してなければ、釈放されるよ」

と、十津川は、いってくれた。

それでも、早苗は、落ち着けなかった。ここが東京なら、内藤祐子のシロの証拠を集めてやりたいと思うのだが、それが出来ないのが、いらだたしいのだ。

翌朝、朝食のあと、早苗は、午前十一時を過ぎるのを待って、もう一度、高山署へ、出かけて行った。

午前十一時で、確か、彼女が逮捕されてから、四十八時間になると、思ったからである。

高山署に、入ると、署内の空気が、おかしかった。

前日、早苗に向かって、ニコニコ話しかけて来た若い刑事も、顔をそらして、足早に、すれ違って行く。

何かあったに違いない。

三田警部を探し、早苗が、

「どうしたんですか？」

と、きくと、三田は、これまでの自信に満ちた表情は消えて、ぶぜんとした顔で、

「彼女、死にましたよ」

と、いった。

「死んだ——？」

「留置場で、首を吊《つ》って死んだんですよ。服を裂いて、それをより合わせ、首にまきつけてね。参りました」

（それで、妙に、あわただしい空気だったのか）

と、早苗は、思いながらも、理由が、わからなくて、

「なぜ、彼女、自殺なんかしたんですか？」

と、きいた。

「もちろん、罪の意識に、責められてですよ」

「証拠でもあるんですか？」

早苗は、抗議するように、三田を見つめた。

「遺書がありますよ」

「遺書？」

「昨夜おそく、彼女が、静かに考えて、自分の気持ちを書きたいから、書くものが、欲しいと、いったんです。それで、便箋《びんせん》と、ボールペンを与えました。今朝になって、自殺しているのが発見されたんですが、便箋に、遺書が、書きつけてありました。自殺は、非常に残念ですが、彼女が、犯人だったことは、間違いないんです」

「その遺書を、見せて頂けますか？」

と、早苗は、いった。

「いいですよ。あなたも、関係者のひとりですからね」

三田は、その便箋を、取り出して来て、見せてくれた。

便箋一枚に、ボールペンで、

〈すべて、私自身が、招いたことだと思っています。誰も恨みは致しません。亡くなった大川さんや、奥様には、申しわけないことをしたと思っています。お詫《わ》び致します。もう疲れました。

祐子〉

早苗は、短い文章を、何度も、読み返した。

「宛先《あてさき》は、誰になっているんですか？」

と、早苗は、三田に、きいた。

「宛名は、書いてありませんでしたよ。それだけです」

「それでは、犯人かどうか、わからないじゃありませんか？」

と、早苗は、いった。

「あなたが、そういいたい気持ちは、わかりますがね。しかし、それに、ちゃんと、被害者と、被害者の奥さんに、詫びると書いてあるんです。犯人じゃなければ、そんなことは、書きませんよ」

と、三田は、いった。

10

内藤祐子が、高山署の留置場で、自殺したという知らせは、十津川のところにも、届けられた。

遺書のこともである。三田警部は、それを、自白と受け取っているようだが、それは、十津川が口を挟むことではなかった。

だが、続いて、内藤祐子の夫が、北条刑事を、告発したという知らせが、十津川の耳に入った。

早苗が、嘘の証言をしたために、妻の祐子が、犯人扱いされ、自殺に追いやられたというのである。

内藤が、岐阜地裁に告発したため、早苗は、帰れなくなってしまった。

「内藤は、どういう気なんですかね？」

と、亀井が、当惑した顔で、十津川に、きいた。

「北条刑事が、『ひだ3号』の車内で、殺された大川と、内藤祐子が、話していたと証言したために、犯人として逮捕され、絶望から、自殺してしまったと、考えているんだろう」

「しかし、北条刑事は、正直に、ありのままを証言しただけですよ」

「そうなんだが、その証言のために、妻は、自殺したと、思い込んでいるんじゃないかな。しかも、嘘の証言をしたと、非難しているんだ」

「どうなるんです？」

「告発を受けて、岐阜地裁は、事実関係を、調べる筈《はず》だよ」

と、十津川は、いった。

「北条刑事が、嘘をついていないと、証明できますかね？」

亀井は、不安気に、いった。

「どうも、それが、難しいらしい」

「なぜですか？」

「北条君は、『ひだ3号』の中で、大川が、内藤祐子に、名刺を渡して、自己紹介しているのを見たと、証言している」

「その通りなんでしょう？」

「もちろんさ。だが、内藤祐子の所持品の中に、大川の名刺は、無かったというんだ」

「それは、多分捨ててしまったんですよ。私だって、何の関心もない人間から貰《もら》った名刺は、捨ててしまいますからね」

と、亀井は、いった。

「だが、内藤は、それを、北条刑事が、嘘をついた証拠だと、いっているらしい」

「参りましたね」

「それに、内藤祐子の遺書のことがある」

「妙な遺書でしたね」

「あの中に、『誰も恨みは致しません』という言葉があるんだが、内藤にいわせると、あれは、北条刑事のことを、いっているというんだよ。妻は、優しかったから、自分を、嘘の証言で、犯人にした北条刑事も、恨まないと、書いたというわけだよ」

「そんな告発が、まかり通ると思っているんですかね？」

「マスコミは、喜んで、飛びつくかも知れないよ」

「マスコミですか？」

「内藤は、裁判所が、満足できる対応をしてくれなければ、マスコミに、訴えると、いっているらしい」

「マスコミが、取り上げるでしょうか？」

「取り上げるね。第一に、これは、痛ましい事件だし、告発されているのが、現職の刑事で、しかも、女刑事だからね。面白いニュースになると思って、飛びつくよ」

「どうしたら、いいですかね？　若い北条刑事を、マスコミの犠牲にはしたくありませんよ。それに、正直に証言したのに非難されるとなれば、証言する人間が、いなくなるんじゃありませんか」

と、亀井は、いった。

「助けに行くかね？　高山に」

「もちろん、行きますよ」

11

十津川と、亀井は、西本刑事たちに、内藤という男のことを、詳しく調べるように、いい残して、翌朝、高山に向かった。

北条刑事や、大川広志、それに、内藤祐子が乗っていた特急「ひだ3号」を、使うことにした。

何か、北条刑事に、有利なことが、わかるかも知れないと、思ったからである。

名古屋から、午前一〇時四九分発の「ひだ3号」に乗る。北条刑事と同じ3号車である。

並んで腰を下ろすと、十津川は、手帳を取り出した。

そこに、例の遺書の文章が、書きつけてある。

「問題は、この遺書だね」

「岐阜県警は、内藤祐子が、犯人だったから、この遺書を残して、自殺したと、いっているわけでしょう？」

「そうだよ。だからまた、死んだ大川広志や、彼の奥さんに、申しわけないことをした、お詫びしますと、書いていると、いっている」

「しかし、亡くなった大川さんと書いていて、殺したとは書いていませんね」

と、亀井が、いった。

「県警の三田警部は、同じことだといっているよ」

「私には、同じとは、思えませんがね。それに、一言も、自分が犯人だとは、書いていませんよ」

「しかし、もし、彼女が無実なら、なぜ、自殺したのかということになる。こんな遺書を書いてだよ」

「そうですね」

「それに、この遺書は、誰に宛てて、書いたものかも、わからない」

「夫の内藤は、どういっているんですか？　その点を」

「もちろん、自分に宛てて書いたと、いっている」

「遺書のわからない点は、他にも、ありますよ。最初の、『すべて、私自身が、招いたことだと思っています』という意味も、わかりませんね」

「県警は、よくわかっているらしい」

「どんな風にですか？」

「つまり、こう見ているんだ。人妻の内藤祐子は、大川と関係が出来てしまった。いわゆる不倫さ。それを清算しようとして、『ひだ3号』の車内で、彼に、毒を飲ませた。そのことを、書いているんだと、三田警部は、いっていたよ」

「それで、『すべて、私自身が、招いたこと』ですか？」

「そう考えられないこともないんだがね」

「すると、最後の『もう疲れました』というのも、大川との不倫のことを、指しているんでしょうか？」

「少なくとも県警は、そう考えているね」

と、十津川は、いった。

「夫の内藤は、その点は、どう思っているんですかね？」

「わからないが、とにかく、北条刑事の証言のせいで、妻が、死んだと、いっていることは、確かだね」

と、十津川は、いった。

二人は、席を立ち、電話室の前まで、行ってみた。

電話を掛けている人はいなかった。傍に、自動販売機があり、そちらでは、若いカップルが、百円玉を入れて、コーラを買っていた。

「北条刑事の他に、内藤祐子と、大川のやりとりを、見ていた人間がいれば、いいんですがねえ」

と、亀井が、いった。

「北条君の話だと、他に、誰もいなかったというんだ」

「参りましたね」

「もし、いたとしても、今から、探し出すのは、大変だろう」

と、十津川は、いった。

何の収穫もないまま、列車は、定刻の一三時二三分に、高山に着いた。

12

十津川と、亀井は、駅から、まっすぐ、早苗の泊まっている旅館に向かった。が、着いてみると、彼女は、地裁に呼ばれて、留守だった。

一時間ほどして、早苗は、帰って来たが、顔色が、悪かった。

「大丈夫かね？」

と、十津川が、きくと、早苗は、

「こんなことになって、申しわけありません」

と、頭を下げてから、

「地裁で、内藤さんに会って、人殺しみたいに、いわれました」

「ひどい男だな」

と、亀井が、顔をしかめた。

「でも、結果的に、私の証言で、彼の奥さんが逮捕され、自殺してしまったんですから、怒るのも、無理はないと、思うんです」

「彼女の遺書は、見たかね？」

と、十津川が、きいた。

「はい。高山署で、見せられました」

「それで、君の感想は？」

「私は、彼女が、無実と信じていましたから、なぜ、あんな遺書を書いて、自殺したのか、わかりませんでしたわ。今でも、納得できません」

早苗は、小さく、首を振った。

「念を押すが、君が、電話室の前で、内藤祐子と、大川を見た時、彼が、名刺を渡して、初対面の挨拶《あいさつ》をしていたんだね？」

と、十津川は、きいた。

「はい。名刺を渡して、自分は、大川ラーメンのオーナーで、東京に、支店を沢山持っている、成功者だと、自慢していましたわ。私にいったのと、全く同じセリフをいってるんで、おかしかったのを、覚えています」

早苗は、その時のことを、思い出したのか、微笑した。

「その直後に、大川は、死んだんだね？」

「はい。自分の席のところまで歩いて来て、突然、呻《うめ》き出し、通路に、倒れてしまったんです」

「何か、いい残したことは、なかったかね？　ダイイング・メッセージというやつだが」

「ありませんでしたわ。突然、苦しみ出したと思ったら、倒れて、動かなくなってしまったんですから」

「では、何でもいい。大川広志のことで、覚えていることは、全部、話してみてくれないか」

と、十津川は、いった。

「何でもですか？」

「まず、当日、君が、『ひだ3号』に、乗った時から、始めるんだ。君が、乗った時、大川は、もう、乗っていたのかね？」

「いいえ。彼は、発車間際に、乗って来たんです」

「発車してから、彼の方から、話しかけて来たのかね？」

と、亀井が、きいた。

「発車して、間もなくですわ。いきなり、名刺をくれて、自己紹介を、始めたんです。自分は、大川ラーメンのオーナーで、都内に、八つのチェーン店がある。今年中に、それを、二十店にするつもりだって、威張っていましたわ」

「他には、何かいわなかったかね？」

「どんなことでも、いいですか？」

「いいよ、事件と関係のないことで。大川が喋《しゃべ》ったことは、全部、知りたいんだよ」

と、十津川は、いった。

「自分のところのラーメンの自慢をしていましたわ。それに、高山には、観光ではなく、客にうけている店があるというので、そこのラーメンを、実際に、食べてみるんだと、いっていましたわ」

「なるほどね。仕事で、高山へ行くというわけか」

「はい」

「そんなに、いつも、全国を廻《まわ》って、ラーメンを、食べているのかね？」

「だから、胃を悪くしたと、いっていましたわ」

「他には？」

「下呂を出てから、彼が、電話をかけに、立ったんです。旅先からでも、思い立ったら、各支店に、電話をかけるんだと、これも、自慢そうに、いっていましたわ」

「そのあと、君も、席を立ったんだね？」

「はい。コーラが、飲みたくなって、通路に出たんですけど、電話室の前で、彼が、三十歳くらいの女性に、名刺を渡して、自己紹介しているのに、ぶつかったんですわ」

「大川の方は、君に、気がついたようだったかね？」

「いいえ。ぜんぜんですわ。内藤祐子に、夢中で、自分の自慢をしていましたわ」

「内藤祐子は、どうだね？　君を、見たかね？」

「いいえ。見ていなかったと思いますわ」

と、早苗は、いった。

早苗が思い出したのは、そのくらいだった。

「明日も、地裁に、呼ばれているのかね？」

「はい」

「われわれも、あとから行くよ。西本たちに、調べて貰《もら》っていることがあるので、その結果を、聞いてからね」

と、十津川は、いった。

13

翌日、十津川と亀井は、西本たちに電話を掛け、彼等が、内藤について調べた結果を聞いたあと、高山署に行き、三田警部に、会った。

電話では、何回も話をしていたが、十津川が、三田に会うのは初めてである。

年齢もだが、考え方も、若いなというのが、第一印象だった。

「これから一緒に、岐阜地裁に、行って貰えませんか」

と、十津川は、頼んだ。

「北条刑事が、内藤に、告発されている件ですか？」

「そうです」

「あれは、われわれの捜査とは、関係ありませんよ。こちらの捜査は、もう、終了しています」

と、三田は、いった。

「ええ。使われた毒は、青酸カリです。犯人は、内藤祐子で、遺書を書いて、自殺。これで、本件は、解決です。留置場で、犯人に、自殺されてしまったのは、残念ですが」

「しかし、あの遺書には、自分が、大川広志を殺したとは、一言も、書いてありませんが」

「申しわけないことをしたと、書いてあります。あれで、十分ですよ」

「あれを、自白と、みたわけですか？」

「そうです」

「宛名《あてな》も書いてありませんでしたね？」

と、十津川は、いった。

「そうですが、あれは、警察に宛てたものだと、思っていますよ」

「あの遺書の本当の意味を知るために、これから、一緒に、地裁へ行ってくれませんか」

と、十津川は、いった。

「地裁？　ああ、あなたの部下が、内藤に訴えられているんでしたね。あれは、われわれには、関係ありませんよ。北条刑事と、内藤の個人的な問題ですからね」

「それが、違うんですよ。今度の殺人事件の本当の姿が、出ているんです」

「そんなことは、考えられませんね」

「本当ですか？」

「いや、一緒に来てくれればわかります。それとも、真実を知るのが、怖いですか？」

十津川が、いうと、三田は、眉《まゆ》を寄せて、

「そんなことは、ありません。警察の仕事は、真実を発見することですからね」

「じゃあ、行きましょう」

と、十津川は、三田を、促した。

十津川、亀井、そして、三田の三人は、岐阜地裁に、向かった。

三人が、地裁の建物に着くと、早苗が、丁度、出て来るところだった。

さすがに、疲れた表情になっている。

内藤も、すぐあとから、出て来た。その内藤に向かって、十津川は、

「北条刑事への告発を、取り下げる気は、ありませんか？」

と、きいた。

内藤は、眼を光らせて、

「ありませんね。僕は、亡くなった家内のために、とことん、戦うつもりですよ。北条刑事の次は、不当逮捕した岐阜県警も、告発するつもりです。損害賠償も、求めるつもりです」

「しかし、それは、亡くなった奥さんの気持ちに反するんじゃありませんか？」

「違いますね。告発こそ、祐子の遺志に沿うことだと思っています」

「どうしても、取り下げませんか？」

「いやです」

十津川は、小さな溜息《ためいき》をついてから、

「困ったな」

「あなたが、取り下げるといえば、何もいわないつもりだったんですがね」

「何のことです？」

「われわれは、あなたが考えるほど、バカじゃありませんよ」

と、十津川は、内藤に、いった。

ふと、内藤の顔に、怯《おび》えの表情が走った。が、一層、威丈高《いたけだか》になって、

「あなたたちが、家内を殺したんだ。自殺に追いやったんだ」

「それは、違いますね。奥さんを自殺させたのは、あなたですよ」

「バカな！」

「奥さんの書いた遺書は、奇妙なものでした。もし、真犯人なら、『ひだ3号』の車内で、大川広志を毒殺したのは私ですと書いて自殺した筈《はず》です。違うのなら、抗議の文章を残して、自殺したに違いない。しかし、そのどちらでもなかった。なぜだろうと考え、私は、部下の刑事たちに、あなたのことを、徹底的に、調べさせました。その答えが、さっき、出たんですよ」

「何が出たというんですか？」

「あなたと、祐子さんは、三年前に結婚した。ケンカなど、殆《ほとん》どしない、仲の良い夫婦

と思われていたが、若いあなたは、祐子さんが、物足りなくなっていたんだ」

十津川が、いうと、内藤は、顔を赤くして、

「何をいうんだ！」

「小早川《こばやかわ》みどりという二十三歳の女性がいますが、彼女とは、いつから、関係が、出来たんですか？」

「そんな女は、知らん。知りませんよ」

と、内藤が、激しい口調で、いった。

十津川は、笑って、

「知らないというのは、おかしいですね。同じスーパーで、同じ事務所で働いている女性ですよ。確か、机が並んでいるんじゃありませんか」

「――――」

「あなたは、若くて、ちょっとエキセントリックな小早川みどりに、魅《ひ》かれていった。違いますか？　奥さんは、それに、全く、気付かなかった。その間にも、あなたの気持ちは、どんどん、奥さんから離れ、小早川みどりに傾斜していったんだ」

「そんなことは、ない」

「ところが、あなたは、奥さんに向かって、離婚してくれと、いい出せるタイプじゃないらしい。別れたいという気持ちが、どんどん内攻していくタイプだと思うね。それに、もう一つ、あなたには、野心があった。大学を出て、三十歳近くなって、スーパーの事

務をやっていることに、いつも、鬱屈《うっくつ》したものがあったんじゃありませんか。男なら、自分にふさわしい仕事をしたい。独立して、何かやりたい。そのためには、まとまった金がいる。そこで、あなたは、この二つが、同時に可能な方法はないかと、考えたんですよ。私の部下が調べたところでは、あなたは、奥さんに、五千万円の生命保険を掛けていますね」

「それが、いけないんですか？　私にも、家内が受取人で、五千万円の生命保険が、掛けてありますよ。これも、お互いの愛情の表現じゃありませんか？」

「普通の場合は、そうです。だが、あなたは、その五千万円を、一刻も早く、手に入れようとした。奥さんを殺してね。そうすれば、五千万円が手に入り、同時に、若い小早川みどりと一緒になれる」

「何をバカなことを、いってるんですか」

「まあ、聞きなさい。奥さんが、飛騨高山へ旅行することになった時、あなたは、かねての計画を、実行に、移すことにしたんですよ。奥さんは、普段から、胃の調子が悪かった。あなたは、旅行先で、これを飲みなさいといって、胃腸薬を渡した。多分、カプセル錠のね。その中に、青酸を入れておいたんだ」

「そんなことは、単なる想像じゃありませんか。でたらめをいうと、あなたを名誉毀損《きそん》で、訴えますよ」

「確かに、想像だが、こう考えると、今度の事件が、はっきりと、わかってくるんですよ。何も知らない奥さんは、その胃腸薬を持って、この高山へ来る『ひだ3号』に、乗った。車内で、これも、何も知らない大川広志が、生来の女好きから、あなたの奥さんに声をかけた。名刺を渡して、自己紹介をしたんですよ。それを、北条刑事は、見ていたが、そのあとのことは、知らなかった」

「そのあと、何があったんですか？」

と、三田警部が、きいた。

「大川も、胃痛に悩まされていました。これは、あまりにも、各地のラーメンを食べすぎたせいです。あなたの奥さんと話をしている中に、突然、胃が痛みだしたんだと思う。それを見て、心優しいあなたの奥さんは、自分が、胃腸薬を持って来たことを思い出し、わざわざ、それを持って来て、大川に飲ませたんですよ。青酸入りとは、知らずにね。カプセルだから、すぐには死なない。多分、大川は、礼をいい、自分の座席に戻った。そこで、カプセルが溶けて、青酸が噴出し、苦しみながら、死んでしまったんです」

「――――」

「奥さんは、そんなこととは知らずに、高山で降りた。ところが、北条刑事の証言で、岐阜県警は、奥さんを犯人と見て、逮捕したわけです」

「自殺したのは、なぜなんですか？」

と、三田が、きいた。

「それは、あの奇妙な遺書に、書いてありますよ。『もう疲れました』という最後の一行です。奥さんは、うすうす、夫の浮気に気付いていたんだと思う。女性は、敏感ですからね。だが、信じまいと、努めた。それなのに、今度のことで、夫の背信がはっきりした。自分を、殺そうとまでしている。それでも、なお、奥さんは、あなたを好きだったんじゃないかな。そんな自分の心のかっとうに、奥さんは、疲れ切ってしまったんですよ。それに、知らなかったとはいえ、自分の渡した薬で、大川広志は、死亡してしまった。それに対する申しわけなさもあったと思いますよ」

「それで、『亡くなった大川さんや、奥様には、申しわけない』と、書いたんですね」

と、三田が、いった。

「そうです。だから、殺したとは、書かなかったんですよ」

「でたらめだ」

と、内藤は、わめくように、いい、

「家内の所持品の中に、胃腸薬なんかなかった。これを、どう説明するんですか？」

「奥さんは、高山に着いた翌朝、テレビか、新聞で、事件を知ったんですよ。死んだ大川さんの顔写真を見て、自分の持っている胃腸薬に、ひょっとして、青酸カリがと、疑った。しかし、あなたを愛していたから、半信半疑だったと、思いますよ。それで問題の胃腸薬を、捨ててしまったに、違いありません。だから、彼女の泊まった旅館の周囲や、観光に歩いた道筋を調べれば、見つかると思いますよ」

と、十津川は、いった。

「探しましょう」

と、三田が、飛び出して行った。

十津川は、改めて、内藤を見た。

「奥さんは、あなたのことは、何もいわずに、自殺したんですよ。『誰も恨みは致しません』という言葉を残してね。そのことを、考えるべきじゃないのかね?」

と、十津川は、いった。

解説

山前　譲

我々が生活している社会は刻々と変化している。昨日の風景は今日とは違うし、明日はまた別の姿を見せるだろう。そうした日常の変化のなかに、鉄道の姿も含まれている。一八七二年に日本で走りはじめてから百四十年余り、社会基盤として不可欠な存在である鉄道もまた、日々、姿を変えてきた。

警視庁捜査一課の十津川警部が、途切れなく捜査に邁進《まいしん》している背景には、その鉄道の変貌《へんぼう》も一役買っている。新たな路線が開通すれば、新型車両が走りはじめれば、あるいは新たな駅ができたり駅が改築されたりしたならば、そこが十津川警部の新しいミステリーの場となるからだ。

たとえば、一九八二年六月に大宮・盛岡間で暫定開業した東北新幹線である。さっそく一九八三年一月に『東北新幹線殺人事件』が刊行された。一九八五年三月に上野・大宮間が、一九九一年六月に上野・東京間が開通する一方、二〇〇二年十二月には八戸《はちのへ》駅まで延伸と、東北新幹線は姿を変えてきた。それを反映して、二〇〇四年四月、八戸も舞台となっての『東北新幹線「はやて」殺人事件』が刊行されている。

そして二〇一〇年十二月、ついに東北新幹線は新青森駅まで全線開通した。翌年三月にデビューしたE5系「はやぶさ」のデラックスな客席、グランクラスも話題となる。二〇一四年一月に刊行された『十津川警部 東北新幹線「はやぶさ」の客』では、そのグランクラスが重要な舞台だった。また二〇一六年三月、新青森・新函館北斗間に北海道新幹線が開通すると、東北新幹線は北海道へのアクセスで大きな位置を占めることになった。同年十一月に刊行された『北海道新幹線殺人事件』では、その開業日に東北新幹線の大宮・仙台間で殺人事件が起こっている。

こうして東北新幹線の変貌を描いてきた十津川警部シリーズだが、全線開通直前の青森を舞台に、「青森わが愛」（「ストーリー・ボックス別冊」二〇一〇・十一）と題した短編が書かれている。本書はその短編を初めて収録して、二〇一四年四月にKADOKAWA／角川書店より刊行された。

「青森わが愛」では、十津川班の日下刑事が書道教室に通っている。先生は岡田麗花という日本的な美人だったが、日下が刑事だと知るとひどく驚き、そして怒りの表情を浮かべた。調べてみると、麗花は青森生まれだった。そして十三年前にある事件が……。

毎年八月二日から七日まで行われ、青森の伝統行事として観光客で賑《にぎ》わうねぶた祭がクライマックスだ。大きな山車燈籠《だしどうろう》の「ねぶた」が練り歩き、その周りで大勢の跳ね人《はねと》が踊る雄大な夏祭りで、長編の『青森ねぶた殺人事件』（二〇〇五）でもその様子が描かれていた。

つづく「北の空に殺意が走る」（「小説現代」一九九三・十二　講談社文庫『哀しみの

北廃止線』収録）もいわば日下刑事の事件簿だ。

思わぬことから日下は捨て猫を飼いはじめる。どうやらアビシニアンという高い猫らしい。ある日、若い女性が殺害された現場に駆けつけると、そこでもアビシニアンが飼われていた。そして十津川警部の指示がある。能登《のと》の和倉《わくら》温泉に行ってほしいという。ホテルで東京のクラブのママが殺されたのだが、そこにも猫が……。

日下刑事が出張した能登半島は、十津川警部の事件簿でたびたび舞台となってきた。『北能登殺人事件』（一九八四）、『「のと恋路号」殺意の旅』（一九九〇）、『奥能登に吹く殺意の風』（一九九四）、『十津川警部 愛と死の伝説』（二〇〇〇）、『能登半島殺人事件』（二〇〇〇）、『能登・キリコの唄』（二〇〇七）などの長編や、「恋と殺意ののと鉄道」（一九九二）ほかの短編がある。

ただ、パノラマカーが人気だった「のと恋路号」が二〇〇二年に姿を消し、二〇〇五年には半島の先端まで通じていたのと鉄道能登線が廃止されてしまったせいか、このところ能登半島で十津川警部の姿を見かけることはない。能登半島における鉄道ファンにとっては悲しい変貌が、十津川警部シリーズにも影響を与えているのだ。

これも日下刑事が活躍している「余部《あまるべ》橋梁３１０メートルの死」（「小説宝石」一九八五・二　初出のタイトルは「余部橋梁３１１メートルの死」　光文社文庫『最果てのブルートレイン』収録）では、四十メートル以上もの高さの鉄道橋から落下して、男が死亡している。落下するところを目撃した鉄道ファンの高校生によれば、下り急行「だいせん」が橋梁を通過中の出来事だったという。列車から突き落とされた？　事故？　それとも自殺……。男が東京在住だったので、十津川班がその周辺を捜査する。

一九一二年、明治四十五年に開通した余部橋梁は、日本の鉄道橋のなかでもとりわけ有名な橋だろう。鋼材をやぐら状に組み上げて橋脚とした、トレッスル橋と言われる形式で、朱色の鉄骨とまさに聳《そび》えると言いたいその姿が、観光名所となっていた。ところが一九八六年十二月、回送中の列車の客車が、日本海からの突風によって橋から落下、死傷者が出てしまう。造られてから長い年月が経っていたこともあって、掛け替えがすすめられ、二〇一〇年八月から、二代目となるコンクリート橋を列車が走っている。

さまざまな思いが込められた余部橋梁の変貌だが、この短編で描かれているのは初代のほうだ。余部橋梁を起点としたアリバイの謎に挑む十津川は、亀井刑事とともに橋梁を訪れている。「こういう高い所は、苦手です」といって、橋梁の上を歩くのを拒否している場面は、十津川ファンなら注目だろう。ほかに「哀しみの余部鉄橋」（二〇〇四）と題した短編も書かれている。

余部橋梁は山陰本線の鎧《よろい》駅と餘部《あまるべ》駅のあいだにあるが、「恋と裏切りの山陰本線」（「オール讀物」一九九二・十一　文春文庫『恋と裏切りの山陰本線』収録）では、山陰本線の米子《よなご》駅にほど近い、皆生《かいけ》温泉の旅館の婿になることにしたという、小田刑事をめぐっての事件である。十津川にはブルートレイン「出雲3号」で向かうと言っていた。だが、旅館に小田は姿を見せなかったのだ。十津川の自宅には不穏な電話がかかっていた。いったい小田はどこに？　十津川は亀井刑事とともに皆生温泉へと旅立つ。

日本海の弓ヶ浜《ゆみがはま》に面する皆生温泉は、山陰で最大級の温泉地である。一九〇〇年に、海岸の浅瀬で湧き出る温泉が発見されたという。十津川警部は温泉好きのようだが、『城崎にて、殺人』（一九九八）でもこの皆生温泉を訪れていた。もちろんまた、事件の捜査のためだったが。

その十津川がここで乗車した「出雲」は、『夜行列車《ミッドナイト・トレイン》殺人事件』（一九八一）や『寝台特急八分停車』（一九八六）など、数々の十津川警部シリーズに登場してきた寝台特急だ。一九五一年十一月に東京・大社《たいしゃ》間を走りはじめた急行「いずも」が、「出雲」に改称されたのは一九五六年十一月である。特急列車となったのは一九七二年三月だった。「出雲」は長年、首都圏と山陰地方を結ぶ代表的な寝台特急として愛されたが、二〇〇六年三月のダイヤ改正で廃止となってしまう。その代わり現在は、寝台特急として「サンライズ出雲」が走っている。そして、『寝台特急「サンライズ出雲」の殺意』（二〇一二）と題された長編が発表された。皆生温泉では執念の捜査を見せている十津川警部だが、山陰本線を走る列車もまた変貌していることを、実感したに違いない。

「特急ひだ3号殺人事件」（「週刊小説」一九八九・五・十二　角川文庫・中公文庫『特急ひだ3号殺人事件』収録）は十津川班の紅一点、北条早苗刑事の出番だ。三日間の休暇を取って、飛騨《ひだ》の小京都と言われ、幅広い世代の観光客で賑わう高山《たかやま》へと向かった彼女が、特急「ひだ」の車内で起こった殺人事件に巻き込まれている。しかも被害者は、隣りの座席の男!

高山本線を代表する特急「ひだ」の新型車両に乗りたかったというのだから、北条早苗もなかなかの鉄道ファンのようだ。「ひだ」は一九五八年三月に準急として名古屋《なごや》・富山間を走りはじめた。一九六六年に急行へ、一九六八年に特急へと格上げされた。その「ひだ」に、一九八九年二月、新型車両のキハ85系が導入される。床を高くした「ハイデッカー」と大型窓「ワイドビュー」が特長で、「ワイドビュー」という愛称がつけられた展望抜群の車両の、記念すべき最初の特急となった。

だから、北条早苗が乗ったのは真新しい「ワイドビューひだ」である。事件の進展とともに自らも高山へ行く十津川警部にとっても、「ワイドビューひだ」は初乗車だったはずである。『特急北アルプス殺人事件』(一九八五)、『飛騨高山に消えた女』(一九九〇)、『特急ワイドビューひだ殺人事件』(一九九四)、『高山本線殺人事件』(一九九七)、『特急ワイドビューひだに乗り損ねた男』(二〇一二)、『私が愛した高山本線』(二〇一三)、『高山本線の昼と夜』(二〇一六)などと、高山本線にかかわる事件はとりわけ多い。訪れるたびに、十津川はその変貌を確認したことだろう。

このところ鉄道がますます注目を集めている。新線の開通や新型列車の開発は大きなニュースとなる。懐かしい蒸気機関車の人気も高い。東日本大震災で打撃を受けた東北の鉄道も、二〇一四年四月に全線を運行再開した三陸《さんりく》鉄道など、新しい姿を見せはじめている。十津川警部の活躍も、ますますヴァラエティに富んだものになるに違いない。

初出・収録書一覧

青森わが愛　小学館「ストーリー・ボックス別冊 STORY BOX JAPAN 青森へ」二〇一〇・十一

北の空に殺意が走る　「小説現代」一九九三・十二
講談社文庫『哀しみの北廃止線』収録

余部橋梁310メートルの死　「小説宝石」一九八五・二
光文社文庫『最果てのブルートレイン急行「天北」殺人事件』収録

恋と裏切りの山陰本線　「オール讀物」一九九二・十一
文春文庫『恋と裏切りの山陰本線』収録

特急ひだ3号殺人事件　「週刊小説」一九八九・五・十二
角川文庫・中公文庫『特急ひだ3号殺人事件』収録

※本書は二〇一四年四月に小社より刊行されました。

※本書収録の作品に、現在とは異なる名称や事実関係が出てきますが、それぞれの作品が発表された当時のものです。尚、本書収録作品はすべてフィクションです。（編集部）

青《あお》森《もり》わが愛《あい》

西《にし》村《むら》京《きょう》太《た》郎《ろう》

平成29年 1月25日　初版発行
令和6年 6月15日　4版発行

発行者●山下直久

発行●株式会社KADOKAWA
〒102-8177　東京都千代田区富士見2-13-3
電話　0570-002-301（ナビダイヤル）

角川文庫 20152

印刷所●株式会社KADOKAWA
製本所●株式会社KADOKAWA

表紙画●和田三造

●お問い合わせ
https://www.kadokawa.co.jp/（「お問い合わせ」へお進みください）
※内容によっては、お答えできない場合があります。
※サポートは日本国内のみとさせていただきます。
※Japanese text only

ISBN978-4-04-104475-9　C0193

角川文庫発刊に際して

角川源義

第二次世界大戦の敗北は、軍事力の敗北であった以上に、私たちの若い文化力の敗退であった。私たちの文化が戦争に対して如何に無力であり、単なるあだ花に過ぎなかったかを、私たちは身を以て体験し痛感した。西洋近代文化の摂取にとって、明治以後八十年の歳月は決して短かすぎたとは言えない。にもかかわらず、近代文化の伝統を確立し、自由な批判と柔軟な良識に富む文化層として自らを形成することに私たちは失敗して来た。そしてこれは、各層への文化の普及滲透を任務とする出版人の責任でもあった。

一九四五年以来、私たちは再び振出しに戻り、第一歩から踏み出すことを余儀なくされた。これは大きな不幸ではあるが、反面、これまでの混沌・未熟・歪曲の中にあった我が国の文化に秩序と確たる基礎を齎らすためには絶好の機会でもある。角川書店は、このような祖国の文化的危機にあたり、微力をも顧みず再建の礎石たるべき抱負と決意とをもって出発したが、ここに創立以来の念願を果すべく角川文庫を発刊する。これまで刊行されたあらゆる全集叢書文庫類の長所と短所とを検討し、古今東西の不朽の典籍を、良心的編集のもとに、廉価に、そして書架にふさわしい美本として、多くのひとびとに提供しようとする。しかし私たちは徒らに百科全書的な知識のジレッタントを作ることを目的とせず、あくまで祖国の文化に秩序と再建への道を示し、この文庫を角川書店の栄ある事業として、今後永久に継続発展せしめ、学芸と教養との殿堂として大成せんことを期したい。多くの読書子の愛情ある忠言と支持とによって、この希望と抱負とを完遂せしめられんことを願う。

一九四九年五月三日